La insurgenta obtuvo el primer Premio Bicentenario Grijalbo
de Novela Histórica. El jurado estuvo compuesto por
Enrique Serna, Eduardo Antonio Parra
y Andrés Ramírez.

LA INSURGENTA

LA INSURGENTA

CARLOS PASCUAL

Grijalbo

La insurgenta

Primera edición: febrero, 2010
Tercera reimpresión: junio, 2010

Primera edición para Estados Unidos: julio, 2010

D. R. © 2009, Carlos Pascual

D. R. © 2010, derechos de edición mundiales en lengua castellana:
Random House Mondadori, S. A. de C. V.
Av. Homero núm. 544, col. Chapultepec Morales,
Delegación Miguel Hidalgo, 11570, México, D. F.

www.rhmx.com.mx

Comentarios sobre la edición y el contenido de este libro a:
literaria@rhmx.com.mx

ISBN 978-607-429-898-7 Random House Mondadori México
ISBN 978-030-788-183-0 Random House Inc.

Impreso en México / *Printed in Mexico*

Distributed by Random House Inc.

Novela dedicada a la memoria de

Manuela Medina, "La Capitana", *muerta en combate.*
María Fermina Rivera, *muerta en combate.*
María Ricarda Gonzáles, *muerta en combate.*

Carmen Camacho, *fusilada.*
María Tomasa Estévez, *fusilada.*
Gertrudis Bocanegra, *fusilada.*
Juana Feliciana, *fusilada.*
Ana Villegas, *fusilada.*
Manuela Paz, *fusilada.*

Juana Bautista Márquez, *ahorcada.*
Luisa Martínez, *ahorcada.*

Ana Villegas, *muerta en prisión.*
Bárbara Rojas, *sentenciada a trabajos forzados.*
Felipa Castillo, *sentenciada a trabajos forzados.*
Manuela Herrera, *apresada y vejada.*
Josefa Martínez, *capitana insurgente, condenada a prisión perpetua.*
Mariana Rodríguez de Lazarín, *condenada a prisión.*

María Arias, Antonia Gonzáles, María Josefa Paul, Juana Villaseñor, María Sixtos, María Vicenta Yzarrarás, Vicenta Espinoza, Micaela Bedolla, Juliana Romero, Ana María Machuca, *todas presas, tan sólo en Irapuato.*

Josefa Ortiz de Domínguez, *enjuiciada por sedición.*
Prisca Marquina de Ocampo, *enjuiciada por sedición.*
Josefa Huerta, *enjuiciada por insurgente.*
Josefa de Navarrete, *enjuiciada por insurgente.*

Antonia Nava, "La Generala", *que ofreció a sus hijos como soldados.*
Catalina Gonzáles, *que ofreció su cuerpo como alimento para las tropas.*

Marcela, "La Madre de los Desvalidos", *correo insurgente.*
María Guadalupe, "La Rompedora", *correo insurgente.*

"La Guanajuateña", *soldado insurgente.*
Isabel Moreno, *soldado insurgente.*

María Ignacia Rodríguez de Velasco, "La Güera", *protectora de insurgentes.*
María Petra Teruel de Velasco, *protectora de insurgentes.*

Las mujeres de Zacatecas que demandaron a la Primera República Federal del México Independiente ser reconocidas como ciudadanas. *No lo consiguieron.*

CONVOCATORIA EXTRAORDINARIA

HOY, DÍA 22 DE AGOSTO DE 1842,
SE CONVOCA, CON CARÁCTER DE URGENTE,
AL H. AYUNTAMIENTO DE ESTA
CIUDAD DE MÉXICO A SESIÓN EXTRAORDINARIA
CON MOTIVO DEL LAMENTABLE DECESO,
AYER DÍA 21 DE AGOSTO, DE
DOÑA MARÍA DE LA SOLEDAD LEONA CAMILA VICARIO
FERNÁNDEZ DE SAN SALVADOR DE QUINTANA ROO,
DE CINCUENTAITRÉS AÑOS,
ACAECIDO EN ESTA CIUDAD Y EN
LA QUE SE HABRÁN DE DISCUTIR
LOS SIGUIENTES PUNTOS:

PRIMERO: CARÁCTER DE LOS FUNERALES A
REALIZAR PARA LA DICHA DOÑA LEONA VICARIO,
DISCUTIENDO SI HABRÁN DE SER ESTOS
FUNERALES DE ESTADO O DE CIUDADANO ILUSTRE.

Y SEGUNDO: EL NOMBRAMIENTO OFICIAL PARA
LA DICHA LEONA VICARIO DE
"BENEMÉRITA Y DULCÍSIMA MADRE DE LA PATRIA".

SE CONVOCA TAMBIÉN A LA CIUDADANÍA
A PRESENTARSE, POR VOLUNTAD PROPIA,
EN ESTE H. AYUNTAMIENTO
Y HACER, SI ASÍ LO DESEARE,
SUS DECLARACIONES PERTINENTES A FAVOR O EN CONTRA DE
DICHAS MOCIONES.

BANDO DADO EN LA CIUDAD DE MÉXICO,
CAPITAL DE LA REPÚBLICA MEXICANA,
EL DÍA 22 DE AGOSTO DE 1842.

Primera jornada de testimonios
Día 22 de Agosto de 1842

HABLA DON FERNANDO FERNÁNDEZ DE SAN SALVADOR,
ABOGADO Y TÍO, POR SANGRE MATERNA, DE DOÑA LEONA
VICARIO, Y A QUIEN SE AGRADECE SU PRESENCIA EN ESTA
AUDIENCIA, DADA SU AVANZADA EDAD.

Llegar, señores, a los ochentaidós años de vida, tan sólo para ver enterrada a mi preciosa Leona, que bien sabrán ustedes que aún siendo ella mi sobrina, la amé como si fuera una hija. Y ello, no obstante, de que su tutoría recayera en la persona de mi hermano Agustín Pomposo. Llegar, señores, a esta edad, para ver muertos, en el transcurso menor a un año, a mi hermano y a mi sobrina, dos seres que estuvieron siempre unidos en el amor, en las adversidades, en la pérdida de sus seres más queridos, tanto como en el odio —y bien se sabe que el odio nos une más que cualquier otro sentimiento—... Pero, ¿venir hasta ustedes para emitir una opinión que en nada compete a mis intereses, salvo aquellos que me ligan, por la sangre, con Leona? No, señores, yo he venido por otra causa, porque, díganme, ¿qué me da a mí, un anciano de ochentaidós años, el que alguien, sea de mi sangre o no, reciba el título de Benemérito de la Patria? ¿Benemérito de qué patria, señores? ¿Qué patria construyeron los llamados Insurgentes y qué patria construyeron mi pobre Leona y su siempre atolondrado marido don Andrés? Una patria de traiciones, de falsedades, de herejías. Un mal llamado Estado que no es más que un charco pestilente en el que saltan los renacuajos ambiciosos y los ajolotes oportunistas. Son apenas dos décadas las que han pasado a partir de la llamada Independencia y he visto, señores, con mis ochentaidós años a cuestas, el tránsito fugaz de un emperador —ido al exilio y fusilado después—, y de varias juntas de gobierno. He sido testigo de cinco golpes de Estado y del paso de seis Presidentes, siendo uno de ellos el mulato Guerrero, traicionado y asesinado por su propio Vicepresidente. He visto el desgarramiento de mi patria. Como jirones arrancados al mapa de esta nación, se han perdido Tejas, Yucatán, Tabasco, Guatemala, Nicaragua y hasta Costa Rica, y tres naciones extrañas han invadido esta enmarañada República. Y todavía pregunto: ¿es acaso el General López de Santa Anna, Presidente por sexta ocasión, mejor gobernante, más probo y más digno de presidir una nación que lo que lo fue el Virrey Iturrigaray? Un hombre baldado que está planeando celebrar, este próximo septiembre, la consumación de la Independencia, ¡enterrando su pierna, perdida en la Guerra de los Pasteles, con honores militares! ¿Es acaso, les pregunto, más digno que el Virrey que hace inyectar a su propio hijo la primera vacuna contra la tifoidea, como muestra de confianza a sus súbditos? Tan sólo pregunto: el Presidente Victoria, con sus enfermedades y ponzoñas, dedicado más a fomentar la masonería que al propio gobierno, ¿es más digno que el Virrey Venegas que implantó la libertad de prensa y la libertad de voto a los naturales de estas tierras? ¿Fue Guerrero, el negro aquel, quien impugnó las elecciones presidenciales y tomó el poder a fuerza de chantajes y lloriqueos, y por quien mi sobrina Leona empeñó la palabra, el honor y hasta la vida, un gobernante digno para este nuevo país? ¿Benemérita de qué patria, señores? ¿Qué ha quedado de la nación mexicana? ¿Qué hay en ella que no merezca el apelativo de afeminado, de cobarde, de estéril? Bien saben que ataqué sin tregua, junto con mi hermano, al cura Hidalgo. Bien saben que ataqué también al cura Morelos, aunque en esto se me fuera el amor de Leona. Pues les digo entonces, señores, que viendo esta nación arrasada, que viendo el caos en el que ha caído, viendo todo esto lamento haber atacado al mesiánico Hidalgo y al feroz Morelos. Al menos una idea de nación tenían, al menos una promesa de patria ofrecían. Por eso no vengo aquí a emitir ningún voto, ni a favor ni en contra. Vengo a preguntarles, señores, ¿Benemérita de qué patria puede ser mi sobrina Leona?

Se le pregunta a don Fernando Fernández de San Salvador si prefiere concluir su declaración, dado el sobresalto que presenta en su ánimo y que preocupa a esta Audiencia.

No, señores, gracias. La decisión que buscan es una decisión que ustedes mismos habrán de tomar y aplicar en consecuencia. Yo soy abogado, me atengo al derecho y a las pruebas. No soy historiador y mucho menos fabulador, porque eso es lo que están haciendo ustedes aquí: están fabulando. Fabulando una patria, fabulando un *pantheon* para esa patria. Ya fabularon a su "padre", a Miguel Hidalgo, y ahora quieren fabular a su "dulcísima madre". Pero yo, señores, no soy… ¡porque nunca lo he sido ni habré de serlo, un confabulador!

Se le ofrece al declarante un vaso de agua y se le conmina a concluir su audiencia.

¿No puedo llorar ante ustedes? ¿No puede un anciano de ochentaidós años derramar abiertamente sus lágrimas sin el temor de ser denostado por sus señorías? Los ancianos, señores, seguimos a veces el camino de los niños, así que lloramos sin vergüenza, sin rubor. ¿No puede llorar un padre la muerte de su hija? ¿No les parece un acto, inclusive heroico, que, en lugar de estar sosteniendo, en este mismo instante, la mano lánguida de mi Leona en su lecho mortuorio, venga yo ante esta Audiencia a cumplir antes que nada con mis deberes ciudadanos? No me condenen entonces…

El declarante entrega una carta manuscripta a esta Audiencia, en sobre lacrado, aunque con el sello roto.

Traigo conmigo esta carta que mi hermano, Agustín Pomposo, escribiera apenas en enero, dos días antes de morir. Éste es el motivo real que me trae aquí. Es una carta dirigida a Leona y yo fui el encargado de entregársela. Sí, sí, ya lo sé… no se la entregué a mi sobrina y si la ven abierta, roto el sello, es porque yo mismo la leí antes. No me miren así. Lo hice por proteger a Leona. Temía que mi hermano, estando en los umbrales de la muerte, escribiese una catilinaria feroz contra su sobrina. ¿Por qué perturbar a Leona, cuya salud también estaba quebrantada, con un documento así?

Se le pregunta al declarante si desea que dicha carta sea revisada por esta Audiencia y si desea también que sea tomada en cuenta en esta recepción de testimonios.

Sí, así lo deseo.

Se le pregunta al declarante si desea agregar algo más a su testimonio.

¿Cuántos de ustedes aquí son abogados, señores? ¿Cuándo han visto que un abogado no quiera agregar nada más a su declaración? Solicito que esa carta sea leída en mi presencia mas, primero, permítanme tomar un respiro, retirarme por ahora y volver por la tarde, porque ustedes, señores, apenas han comenzado. A esto que han despertado le llaman "democracia" y "ciudadanía", ¿no es cierto? Perdonen la sonrisa en mi cara que no pretende ser una burla, pero han despertado a una fiera… y ya conocerán de sus zarpas…

HABLA EL PADRE DOCTOR DON MATÍAS MONTE AGUDO, AHORA EN RETIRO, Y QUE FUNGIERA COMO INQUISIDOR DEL SANTO OFICIO EN EL JUICIO SEGUIDO A DOÑA LEONA VICARIO EN EL AÑO DE 1813. SE AGRADECE EL QUE OTROS DECLARANTES CEDAN SU LUGAR AL ANCIANO DOCTOR MONTE AGUDO.

Que el Señor los ilumine. Dispónganse a dar testimonio para la salvación de sus almas…

La Audiencia no comprende las palabras del reverendo padre Monte Agudo.

He dicho que... ¿Quiénes son todos ustedes? No puedo reconocerlos, pues estoy ciego. Aunque no requiero de mis muertos ojos, porque el pecado huele... y huele a azufre...

La Audiencia ya ha notado que el Doctor Monte Agudo está ciego y le aclara que no somos nosotros, los auditores, quienes debemos dar testimonio, sino él, que para eso ha venido hasta aquí a declarar.

¿Yo, a declarar? ¿Y qué debo declarar, señores?

El asunto que aquí se trata y que tiene que ver con los nombramientos ya expuestos a la finada doña Leona Vicario.

¡Ah, sí, sí, la Vicario, la Vicario! Un alma perdida, la pobre... ¿Y? ¿Qué tengo yo que decir acerca de...? De...

De la señora Vicario.

Ya lo digo yo, señores, de la señora Vicario. ¿Qué desean saber de ella?

La Audiencia le hace saber al Doctor Monte Agudo que no desea saber nada de la señora Vicario, sino simplemente escuchar su parecer a favor o en contra de los nombramientos ya citados. Y también se le hace notar que, considerando que fungió como inquisidor en el juicio de sedición y rebeldía a doña Leona, y considerando también su muy provecta edad, esta mesa toma su voto como negativo y lo invita a retirarse.

Señores míos, la única persona que me ha invitado a retirarme ha sido Su Santidad el Papa, a través del señor Arzobispo, y ello lo he aceptado, si no gustoso, sí al menos obediente. Por otra parte, confieso que las tinieblas que de manera periódica e intempestiva nublan mi pensamiento, haciéndome estas vergonzosas jugarretas, como vienen se alejan. ¿Dicen que debo votar a favor o en contra de aquella mujer? ¿Por qué la quieren nombrar Benemérita de la Patria? ¿Es que acaso ha muerto?

Se le informa al declarante que la Señora Vicario falleció ayer a las nueve de la noche.

Mueren los jóvenes, nos quedamos los viejos. El mundo está de cabeza. Tal vez desean saber cómo se desarrolló ese juicio…

Con todo respeto al Doctor Monte Agudo, esta mesa declara lo contrario y lo conmina, delicadamente, a que exprese su voto en contra y se retire al cuidado de sus enfermeros.

¿Y quién les ha dicho a sus señorías que yo votaré en contra de una joven tan valiente y con tal entereza de ánimo?

La Audiencia ha supuesto…

Yo he estado en su lugar, señores, y si algo aprendí en mi oficio de inquisidor es que nada que suponga el oidor tiene validez alguna si antes no ha hablado el acusado o el testigo. ¿Creen ustedes acaso que respeto la insurgencia, la lucha anti-monárquica y los crímenes de lesa majestad hacia nuestra Santa Madre Iglesia, cometidos por los apóstatas que hoy nos gobiernan? Se equivocan de palmo a palmo si piensan que respeto la iniquidad y la ingratitud. Lo que respeto, en cambio, es el valor y la entereza y esta mujer… Eh… la… la…

La señora Leona Vicario.

Ella. Leona Vicario. La señora Vicario… ¿Dicen que ha muerto? Cosa extraña de los tiempos actuales. Se van los jóvenes y nos quedamos los viejos. Pero, en fin, ¿de qué hablábamos? ¡Ah, sí! De… de…

Leona Vicario.

Estaba por decirlo. Leona Vicario. Todavía puedo mirarla, frágil, pero al mismo tiempo firme, ante la presencia de los auditores de la Inquisición. Ésa es la ventaja de la memoria, ¿saben? No se requiere de los ojos para ver a través de la memoria. No recuerdo el lugar exacto en el que se llevó a cabo el interrogatorio, pero casi podría jurar que no fue en las salas del Palacio de la Inquisición. ¿Habrá sido en la cárcel o tal vez…? Bueno, no importa, al fin y al cabo… Aunque, esperen, sí recuerdo la presencia de monjas y de clérigos alrededor de esa muchacha… ¡Ah, sí, sí, sí, ya lo he recordado! ¿No era esta muchacha, hija o sobrina del señor Agustín Pomposo Fernández de no sé qué? Sí, era hija o sobrina o su ahijada, no sé ni me importa, ¡pero tenían influencias los Fernández de San… de San no sé qué! ¡Ah, claro, ya me acuerdo! El tío o el padrino, o lo que fuera, le escribió muy acongojado al señor virrey implorándole clemencia para la muchacha y pidiéndole que, en lugar de los calabozos de la Inquisición o de la cárcel pública, su hija, o sobrina, qué más da, cumpliera su condena en un convento, ¡porque ahí estaría bien cuidada! Tan bien cuidada estuvo que a los pocos días de comparecer ante mí fue sacada en vilo por sus secuaces, ante los inútiles gestos de la Prepósita, para irse a perder en no sé qué caminos del demonio. ¿Y qué hizo entonces el tal… Agustín… Pomposo… que creo que era médico? ¿Qué hizo entonces ese hombre? El tal…

Para ayudar al declarante en sus lagunas mentales, la Audiencia le recuerda que el nombre del señor tío de doña Leona Vicario era don Agustín Pomposo Fernández de San Salvador, de profesión abogado, no médico.

¡A mí me da lo mismo si era abogado, médico o talabartero! ¡Y si era abogado tanto peor para él! Ahora recuerdo, es cierto… Un abogado prominente el tal don Agustín… Tan pomposo como su nombre, tan pomposo como acomodaticio el firmón aquel, ese letradillo, ese rábula… Porque lo mío es falta de memoria, en cambio lo de él, señores, no fueron sino conveniencias. Muy afecto al rey don Fernando VII en un principio… ¡Exultante cuando el mismo Fernando VII regresó al trono! ¿Y después, cuando esta tierra se pierde en el laberinto de las revueltas? ¿Quién escribió el juramento que debían hacer los universitarios al recibir los grados y en los que se comprometían al sostenimiento de la Independencia del Imperio Mexicano? ¡Pues el tal Pomposo ese! Ya les digo: primero, muy afecto al rey y después…

La Audiencia suplica al Doctor Monte Agudo que se concrete a dar su voto y, si así lo desea, a explicar el por qué del mismo.

Pues ya lo he dicho… ¡Valiente compañía la nuestra! Yo, ciego y ustedes, sordos. ¿No he dicho que respeto el valor y la entereza? Luego entonces mi voto es a favor… aunque no sé bien a bien a favor de qué estoy votando…

De nombrar Benemérita de la Patria a la señora Vicario.

¿Es que ha muerto? No estaba yo enterado. Pues habrá que mirar cómo está el mundo. Ahora resulta que los viejos enterramos a los jóvenes. Eso, en tiempos de guerra, lo entiendo, pero en tiempos de paz… Suponiendo, claro, que viviésemos en tiempos de paz, pero no, no… ¡La paz de los sepulcros es la única paz que se vive en esta patria! Y de eso tiene la culpa la tal… la… Leona, o como se llame…

La Audiencia no entiende por qué el Doctor Monte Agudo vota a favor de la causa de una mujer a quien luego acusa de ser culpable de lo que él llama "la paz de los sepulcros".

¡Porque era valiente! ¡Porque tenía cojones! ¿¡Tengo que decirlo en vulgares términos para que lo comprendan!? Ya se los he dicho. Yo, ciego y ustedes, sordos... ¿Ustedes creerían si les dijese que esta... esta... la Vicario, que no era mayor de veinte años, no tembló ni un ápice ante mi presencia? ¿Ustedes creerían que, ante mis amenazas de prisiones, de castigos, de excomuniones, ella cometió algún acto de delación, nos dio algún informe que nos hiciera llegar a sus cómplices o al menos le tembló la voz cuando nos dijo que arrostraría cualquier castigo que se le impusiese antes que traicionar a sus secuaces? ¡Hombres más bragados he visto yo quebrarse y llorar como un niño, no ante un castigo impuesto, sino ante la sola mención de uno posible! ¡Militares esforzados, nobles esclarecidos, criminales contumaces he quebrado yo tan sólo con la mirada, cuando la tenía, con la sonoridad de mi voz o con un gesto amenazante! ¡Herejes remisos, judíos conversos, apóstatas y enemigos de la Fe, el Gobierno y la Religión se han orinado en sus calzas y calzones tan sólo con pensar en el infierno prometido! ¿Y la... la... Vicario? ¡Bien la supieron llamar sus padres! ¡Leona, pues una pequeña fiera es lo que tuve frente a mí en aquella ocasión! Cuando la reclamé de que había enviado, con su mensajero secreto, dos pistolas a los insurgentes, la muy descarada se rió y me dijo: "¡Pero, Su Señoría! ¿Acaso cree que dos pistolas pueden soliviantar a un Imperio?" ¡Y me sostenía la mirada! Claro, después se enfermó, según me contaron. Después se le habrá aflojado el cuerpo, habrá librado los humores y habrá llorado en su celda... ¡Pero después! ¡No en mi presencia! Ya sabía ella de la degradación sufrida por Miguel Hidalgo y Costilla, de su fusilamiento, de las prisiones del traidor matrimonio de los Lazarín Rodríguez del Toro... ¡Hasta el mismo virrey Iturrigaray había sido ya depuesto y deportado a España por confabular en contra del orden establecido! Sabía entonces la señorita Vicario que jugaba con fuego. Lo entendíamos ambos. Y sabía yo también que aquella humilde yesca encendida por Hidalgo no era más que el extremo de la mecha que conducía a un barril de pólvora. Y me bastaba tan sólo con cerrar el puño para aplastarla, sin importar sus influencias, su fortuna, ni los lloriqueos de su tío o de su papá, don Agustín… Pero esa muchacha me vio directo a los ojos, me sostuvo la mirada y sí, señores, me retó, me retó y no pude quebrarla. Sostuvo sus dichos, se negó a dar nombres, lugares y relaciones; se negó a confesar, se negó a sí misma el miedo… ¡se negó la propia flaqueza! ¿Y aún así les extraña que vote en su favor? Dicen que Napoleón Bonaparte exclamó, al conocer las estrategias militares del maldito Morelos: "¡Con cuarenta Morelos conquistaría al mundo!" Dijo bien el falaz emperador de los franceses. Dijo bien a pesar de tratarse de Morelos, porque al enemigo hay que conocerlo y reconocerlo. Pues lo mismo les digo de esta mujer, mi enemiga, la Vicario. No con cuarenta, con veinte Leonas Vicario, la Iglesia reconquistaría su potestad. Sólo con un espíritu de tal fortaleza y magnitud se logran las grandes empresas del mundo. Qué pena que ella ofrendara su valor a la empresa equivocada, por no hablar de la pena insalvable de haber nacido mujer, claro, pero ya lo he dicho, señores, con veinte féminas como ella, al servicio de la Iglesia, las cosas serían bien distintas. Una Juana de Arco mexicana es lo que mi Iglesia necesita. Y por ello es una pena que haya muerto… Porque ha muerto, ¿no es cierto? No deberían morir los valientes y menos cuando son jóvenes, pero así está el mundo… mueren los jóvenes, mueren los valientes, mueren los virtuosos. Sobrevivimos los estériles, los infecundos. Alguien como ella se necesita para que la Iglesia resurja, para que dé a respetar sus leyes y su imperio…

Dado que el declarante ha hablado del "imperio de la ley", la Audiencia desea aprovechar la ocasión para hacerle una consulta.

A vuestras órdenes, que en lo que se refiere al cumplimiento de la ley, jamás he vacilado.

Las Cortes de Cádiz abolieron el Tribunal del Santo Oficio en las Colonias Americanas en febrero del año 1813. El primer interrogatorio a la señora Vicario fue en enero de ese año, es cierto, pero la Audiencia desea saber por qué el tal juicio se postergó más allá de la fecha en que el dicho Tribunal había sido abolido.

¿Eh? Pues porque… ¿eh? ¿De qué me hablan…? De… ¿eh? ¿Quiénes son todos ustedes? ¿Qué desean? ¿Están dispuestos a rendir testimonio y salvar sus almas…?

HABLA MARÍA DE SOTO MAYOR, NATURAL DE TULANCINGO, VIUDA DE JUAN SALGADO Y MUJER QUE FUE DE SERVIDUMBRE, EN VIDA DE DOÑA LEONA.

¡Sí, señores! ¡Benemérita y más que Benemérita! ¡Muy Benemérita fue siempre doña Leona!

Se le pregunta a la señora de Soto Mayor si conoce el significado de la palabra "benemérita".

Claro que lo conozco. Me lo enseñó doña Leona, como tantas cosas. Así como me enseñó también a no permitir ninguna burla a mi persona, se los advierto...

Se le aclara a la dicha señora de Soto Mayor que esta Audiencia no ha tenido la intención de burlarse de ella ya que, en esta Nueva República, todos somos iguales.

Sí, cómo no... Pos eso díganselo a don Vicente Guerrero que cuando tuvo que abolir la esclavitud, era como la quinta vez que la abolían, porque en papel las cosas se ven muy bonitas, pero en la realidad los indios seguimos siendo los indios y los prietos los prietos y los criollos los criollos y...

Se conmina a María de Soto Mayor a que se concrete en sus testimonios a favor o en contra de doña Leona Vicario.

Pos entonces sólo les digo que prediquen con el ejemplo, mis señores, como lo hizo la niña Leona, ¡que me enseñó a leer! Ya con eso se figurarán cuánto la he querido. La quise, inclusive cuando me engañó, cuando con sus malas artimañas me llevó al pueblo de San Juanico, ¡y me metió de revolucionaria! ¡Imagínense, sus señorías, cuándo me hubiera visto yo leyendo un libro o andando en revoluciones! Pero de eso y más era capaz la señorita Leona. Porque yo siempre la llamé así, señorita Leona, aunque ya después se casara con el señor Quintana Roo y tuviera a sus dos hijas. Para mí siempre fue una muchachita. Y no había manera de negársele, no podía una decir "no puedo" o "no sé cómo" porque ahí estaba ella para decirme cómo se hacían las cosas y para demostrarme que sí se podía. Por eso vine aquí, sus mercedes, aun desatendiendo mis obligaciones, que están en sus funerales...

Se le pregunta a la declarante si necesita tiempo para recuperarse.

No, no, perdónenme, pero es que recién ahora que digo lo de sus funerales, me doy cuenta de que la niña Leona, de la que estoy hablando, es la misma que está ahí en su cama, tendida, con los ojos cerrados. ¿Ustedes se imaginan, señores, encerrar en una cajita de madera a un remolino de aire y tierra? Pos eso es lo que van a hacer con Leona. ¿Ustedes se imaginan guardar en un cajoncito la luz del sol? Pos eso es lo que quieren hacer con la niña Leona. ¿Cómo afigurarse que estoy hablando de sus funerales? Pero no me importa, me aguanto, me bebo todas mis lágrimas si es necesario, y yo vengo a decirles que sí, que la señorita Leona es muy benemérita, que hacen bien en llamarla así y también en llamarla dulcísima madre de la patria. ¿Por qué no? Si dulcísima siempre lo fue; dulce como la capirotada que le hacía yo todos los domingos, como la cajeta y el rompope que aprendió a hacer, cuando la tenían presa ahí, en el colegio de las mochas, dulce como... bueno... hasta que se encanijaba, eso sí, porque cuando se encanijaba... ¡el mismo demonio se le aparecía a una!, con la dispensa de ustedes... ¿Y madre? Fue la mejor, patrones, la mejor. Y que me perdonen las niñas Genoveva y Soledad -que ya son unas mujeres-, pero yo le ruego a Dios que esas muchachas trabajen mucho, que estudien mucho, que sientan mucho, que lean, que rían, que sufran y que griten mucho para llegarle a los faldones del vestido a su mamá. ¿Madre de la patria? Ella me enseñó a mí, una india cobriza, que la patria es la casa de uno, que a la patria, como a la casa, hay que barrerla, trapearla, pintarla, resanarle los agujeros, dejarla bonita, abrir las ventanas para que se oree. Sin la señorita Leona yo nunca me habría dado cuenta de que esta tierra no era nomás el lugar en que me había tocado nacer, sino también mi patria, y pues mi patria es mi casa y a esta patria doña Leona la sacudió, la trapió, la resanó y la puso a airearse. Por eso digo que sí, que doña Leona, que mi señorita Leona puede ser llamada la dulcísima madre de nuestra patria.

Se le pide a la señora de Soto Mayor que aclare sus dichos de que la señora Vicario "la engañó", así como aquello de "sus malas artimañas".

Eso fue un decir, sus señorías...

Se le hace notar a la declarante que los Héroes de la Patria ni "engañan", ni hacen uso de "malas artimañas".

...

La Audiencia no entiende ni aprueba las soeces carcajadas de la declarante y la llama al orden.

¿Que no engañan? ¿Que no hacen uso de artimañas? ¡Ay, señores, pos si los héroes de la patria, antes que ser héroes, antes que ser beneméritos, son seres humanos! ¡Qué afán de convertirlos en estatuas de bronce, nomás se mueren!

¿A quién creen ustedes, nomás por ponerles un ejemplo, que perseguía la niña Leona para limpiarle los mocos y lavarle la cara? ¡Pues a Juanito Nepomuceno, el hijo del señor Morelos! Sí, sí, ya sé que ahora es el Mariscal Almonte y que es muy importante y desde que regresó de Estados Unidos, donde lo educaron, es muy señorito, pero cuando tenía diez o doce años había que limpiarle los mocos, y eso lo hacía la niña Leona. Y lo hacía en Oaxaca, en Tlacotépec, en Ajuchitlán, en el Rancho de las Ánimas, en tanto pueblo perdido, mientras que, en las capillas, en los cabildos o de plano a ras del suelo, debajo de algún árbol, los diputados, muy serios todos ellos, hacían lo que ellos decían que era el Congreso del Anáhuac, que ora le decimos de Chilpancingo. Y la niña Leona, además de llevar las cuentas, ayudar a escribir las actas y de platicar siempre con mucha sabiduría con el General Morelos, pos también bañaba chamacos, les daba de comer y les limpiaba los mocos que, a mí me lo parece, no es una tarea menos importante. Y bueno, pos también yo me pregunto, ¿por qué no iba a tener hijos el señor Morelos, verdá? ¡Si estaba pelón, no tullido…!

Se le conmina a la señora de Soto Mayor…

Miren, señores, ya dejen de conminarme a nada, porque ustedes están aquí muy serios, muy solemnes y pos sí… ya sé que la ocasión lo amerita, pero yo sé de lo que les hablo y cuando les hablo de don José María, pos hago referencia a uno de los más grandes hombres que ha respirado en estas tierras, al que, por cierto, ya habríamos de irle quitando eso del "cura" Morelos, ¿no? O bueno, eso dice siempre don Andrés. Dice que si la misma Santa Madre Iglesia lo echó de su seno, humillado, abofeteado, con las manos sangrantes, porque se las rasparon con alambres y con púas cuando lo degradaron, pos ellos mismos nos lo regresaron, o sea, que nos lo hicieron ciudadano. Por eso dice que hablemos del General Morelos o de don José María y le quitemos ya lo de "cura". No, no estoy en contra de la Iglesia, señores, pero a mí la señorita Leona me enseñó que "al César lo que es del César y a Dios lo que es de Dios". Y en todo caso hablábamos de Juanito Nepomuceno y sus mocos, porque doña Gerónima ni lo atendía… ¿Cómo que quién es doña Gerónima? ¡Y yo que creía que aquí la india ignorante era yo! Doña Gerónima era la mujer del señor Morelos y les digo que no atendía a Juanito porque no era su hijo. Era hijo de doña Brígida, la primera señora de don José María, y por eso, a lo mejor por celos, ella no veía nada más que por su Lupita, la hijita del Generalísimo, bien feíta, por cierto, la pobre, y por eso la niña Leona tenía que bañar y cuidar a Juanito. ¿Y me van a decir que el General Morelos no engañó ni usó artimañas? ¡Pos si les digo que era pelón, no tonto! Y por eso fue que dije que la niña Leona me engañó, pero no fue un engaño con mala entraña, como engañan los poderosos y los leguleyos… no se ofendan; fue un engaño necesario, porque ahí íbamos un día, la niña Leona y sus amigas, las señoritas doña Francisca y doña Mariana Fernández, muy quitadas de la pena paseando por la Alameda, después de oír misa en la Profesa, cuando una mujer misteriosa se nos acercó, o más bien se le acercó a la niña y le dio una carta. ¿Y qué creen que decía la carta? Pos yo tampoco supe, pero era para advertirle que los chaquetas la estaban buscando, porque ya para entonces estaba metida hasta la cabeza en todos esos líos de los Guadalupes, de los Insurgentes y de todas esas cosas. ¡Creo que hasta cañones y pistolas mandaba a hacer con el dinero de su herencia! Y pues a la niña Leona no le quedó de otra más que decirnos, con mucha templanza como siempre tuvo, a mí y a doña Francisca y a doña Mariana, que nos invitaba a una jamaica en Tacuba, porque habrán de saber sus señorías que estábamos en tiempos de carnavales y saraos, en las merititas carnestolendas, antes de la cuaresma. ¡Y ái vamos tan contentas a Tacuba, quesque a una jamaica, pero cuál! Ya cuando íbamos de camino, doña Leona le pidió al cochero que se siguiera hasta San Juanico. Y ya en San Juanico nos dijo la verdad: que había tenido que huir, porque aquella mujer que le habló en la Alameda le había advertido que un maldito arriero, llamado Mariano Salazar, la había traicionado. Y es que el tal Salazar trabajaba con mi niña como mensajero secreto, es decir, que ella le pagaba para que le llevara sus cartas secretas a sus insurgentes de la niña, pero que lo habían agarrado los chaquetas y que el muy canijo se había ido de lengua. El muy traidor… Pero, de cualquier manera, la señorita Leona dijo que nos dejaba el coche para que nos regresara a la ciudad de México. Y, ¿qué creen que le contestamos? Las tres, no nomás yo. A ver, adivinen… Pos que nos quedábamos con ella, porque las señoritas Fernández ya se habían contagiado del entusiasmo de mi niña. Así que, viéndolo bien, fue un engaño nomás hasta San Juanico, porque ya irnos de San Juanico a Huisquilucan fue una decisión muy nuestra y en eso nada tuvo que ver la niña.

Se le pide a la declarante que narre cómo fue esa estancia en Huisquilucan.

¡Pos fue muy triste, sus señorías! Pasamos unos días espantosos, debo decirles, porque para empezar, como todo fue muy precipitado, porque les recuerdo que salimos huyendo de la Alameda, después de oír misa en la Profesa, no llevábamos ni recambios, ni ropa para dormir ni mucho menos para estar en el campo, así que a los dos días ya estábamos hechas una desgracia, tragando frijoles mal guisados y huevos con mole. Las señoritas doña Francisca y doña Mariana se fueron regresando luego luego, y no las culpo, ¿eh? Y ustedes tampoco deben juzgarlas como si tuviesen poco ánimo; lo que pasa es que, como ya les he dicho, la fortaleza de mi Leona no la tuvo nadie. Las niñas Fernández dijeron que, como ya estaban por acabar las carnestolendas, pos no querían pasar la cuaresma en tierras de tanto indio descreído y pos se regresaron. Pero Leona se aguantó. Se aguantó el hambre, las enfermedades y hasta el mal trato que le dieron los de Huisquilucan, porque pos era claro que era una prófuga, se le notaba a leguas. Imagínensen… una señorita decente, blanca, que aluego se veía de ropas finas, hecha una desgracia, sin un centavo, durmiendo en jacales y mendingando algo de comer… ¡Pos cómo! Es más, hasta uno de los suyos le dio la espalda. Un tal Trejo, me acuerdo, quesque insurgente. Pos mi niña le pidió al tal Trejo que la ayudara a llegar a Tlalpujahua, ¿y qué creen que le contestó? ¿No saben? No, si ya me di cuenta de que ustedes no saben nada… Pos le dijo el muy ingrato que ellos necesitaban gente útil, que trajera armas, y no puros inútiles, como mi niña, ¡que hasta era como un mueble viejo, le dijo el majadero! Y yo a él le digo majadero y le digo ingrato, porque yo ya les dije a ustedes que mi niña le pagaba a unos españoles para que le fabricaran rifles y pistolas y se los mandaran al señor Morelos. A ver, a que eso no lo sabía el tal Trejo, ¿verdá? Yo le decía a la niña que si ésa iba a ser su decisión, o sea, ya meterse de lleno a los trancazos, pos que tenía que pensarlo mejor, pero ella decía que no, que ése era el momento de unirse a la lucha. Yo me quedaba callada porque pus no era yo quién, ¿verdad? Pero, por fortuna, intervinieron sus tíos don Agustín y don Fernando, que quién sabe cómo se enteraron dónde andaba la sobrina. Un buen día llegó don Fernando y nomás de ver a su niña así, tan hecha una desgracia, se puso a llorar, el pobre. Y qué bueno que fue él y no don Agustín quien la sacó de ahí, porque si hubiera sido don Agustín, en lugar de abrazarla y acariciarla como lo hizo don Fernando, el viejo seguro nomás la agarraba de las greñas y la trepaba a la carroza. Pero no, no, si les digo, el destino de mi niña estaba marcado. Dicen que todo está escrito; unos dicen que en el Cielo, otros que en las estrellas, pero el destino de Leona era huirse de su casa y lanzarse a la revolución y sí, se los repito sin miedo, con artimañas y con engaños. Si no hubiera sido así, ¿cómo le habría hecho para volverse a huir de su casa, para escaparse del colegio de las mochas, para llevarse una imprenta que se escondió entre las faldas, para pintarse de negra y escapársele al tío? ¡Si hasta a escondidas se casó con don Andrés! Y ahora ustedes me vienen a decir que los héroes de la patria no hacen uso de artimañas, de engaños y de mentiras para poder hacer lo que deben hacer. Si ya se los digo yo: son hombres y mujeres de carne y hueso antes que estatuas de mármol. Por eso, ¿saben qué es lo que más me consuela, sus señorías? Que yo sí conocí a la Leona de carne y hueso. Porque ustedes, desde ahorita, ya la están convirtiendo en una estatua fría, sin expresión y sin sonrisa. No sé por qué pasará esto pero, por dar un ejemplo, el General Morelos era un hombre divertido y muy risueño, cantaba y hacía bromas. Bueno, yo no lo conocí, pero eso me contaban los señores. ¿No dicen que le mandaba cartitas de burla al infeliz de Calleja en el meritito sitio de Cuautla? "¡Écheme unas bombitas, que las extraño!", dicen que le escribió. Y luego, el General López Rayón, que fue compadre de doña Leona y don Andrés porque les bautizó a su hija Genoveva, era un hombre que tampoco dejaba de reír y ya ni les digo de mi Leona... ¿¡Pos no dicen que don Miguel Hidalgo hasta actor era!? ¿¡No dicen que hasta en las batallas hacía bromas!? Y ora que veo sus retratos y algunas de sus estatuas, que ya empiezan a aparecer por ái, los ponen muy serios, como si nunca hubieran cantado, como si nunca les hubiera dolido una muela, como si nunca hubieran tenido miedo. Dicen que los artistas conocen muy bien a los hombres, pero yo no sé de qué artistas hablen porque, por lo menos, los pintores y los escultores no tienen ni idea de cómo fueron todos ellos. A ver cómo le va a la niña Leona, y más ahora que va pa' benemérita que vuela...

Se le informa a la señora María de Soto Mayor que esta Audiencia se da por enterada de su voto a favor del nombramiento propuesto para la señora Vicario y se le pide que dé por terminadas sus alocuciones, pues el público sigue llegando a declarar y esta Audiencia teme resultar insuficiente.

HABLA DON DOMINGO ORTIZ, QUIEN SE PRESENTA COMO PINTOR Y SE DICE AUTOR DE LOS DOS ÚNICOS RETRATOS CONOCIDOS, HECHOS EN VIDA, DE DOÑA LEONA VICARIO.

¡Salud, aurigas de la ley, hijos de Atenea! Mi nombre, bien lo han dicho, es Domingo Ortiz, si bien, yo me permitiría agregar, humildemente, discípulo, además, de aquellos que con sus pinceles han plasmado la historia y la santa religión de nuestras naciones. No he pretendido ser, queridos miembros de este improvisado areópago, indiscreto, pero no he podido dejar de escuchar las incultas y prosaicas palabras de aquella natural que acaba de declarar en el sentido de que los pintores no sabemos nada acerca de las almas de los hombres. ¡Ah, salvaje infeliz! ¿Qué podría saber esa desdichada hija de la América fiera acerca de las artes y de las Musas, hijas de Zeus y Mnemósine. Esta mujer de Atotonilco…

Tulancingo…

Me da lo mismo. Esta india ígnara bien poco sabrá del Piero en el que nacieron las Musas y menos sabrá de la Fócida, el Parnaso y el Helicón. Ya la han oído: no pasó de Huisquilucan. ¿Cómo esperar entonces que su romo pensamiento la lleve al río Permeso o a las fuentes de Castalia, Hipocrene y Aganipe? La muy zafia habla sin saber y naturalmente ignora que son las Musas las que guían nuestras manos…

Se le hace notar al señor Ortiz que no existe una Musa para la pintura, por lo tanto debe explicar cómo asegura que sus manos son movidas por una Musa inexistente.

Eso, señores míos, lejos de considerarlo una puya o bien un vacío en vuestros conocimientos, lo tomo como un halago. Efectivamente no existe una Musa de la pintura como tampoco la hay de la escultura, mas yo pregunto: ¿sabrán ustedes la causa? Las Musas, queridos areopagitas, además de ser hijas de quien son, Zeus y Mnemósine, son sobrinas de Cronos y por ser sobrinas de éste, el Padre Tiempo, sólo habrán de ayudar a aquellas artes que viven y mueren en el tiempo, es decir, la poesía, la danza, la música... Pero la pintura, señores, nace de la mano del pintor y no habrá de morir jamás, a diferencia de una obra musical, por ejemplo, que es como una rosa en primavera: bella pero efímera, mientras que una pintura perdurará a través de los tiempos. Y por eso, señores, no existe una Musa para la pintura ni la escultura. Si las Musas, en cambio, fuesen hijas o sobrinas de...

Se le informa al señor Ortiz que muy poco le interesa a esta Audiencia la genealogía de las Musas ni sus lazos familiares y que está aquí para lo mismo que se ha convocado al resto de la ciudadanía y no para otra cosa, amén de que ya hay diecinueve personas esperando a rendir testimonio. Esta Audiencia analiza la posibilidad de abrir otra mesa de recepción de declaraciones.

Entiendo el requerimiento que, aunque grosero, lo juzgo pertinente. Yo plasmé, señores, con mis pinceles heredados de los grandes retratistas ingleses y franceses, yo plasmé, les repito, en un albo y virginal lienzo, los retratos de la señora Vicario.

Se le hace ver al señor Ortiz que resulta extraña su insistencia en hablar de dos retratos cuando tan sólo se conoce uno.

Eso se debe, caballeros, a dos circunstancias: una de ellas espacial y la otra temporal. ¿A qué me refiero con circunstancia espacial? A que el cuadro no se encuentra en tierras de la Nueva España, sino en Valladolid, en la ibérica península…

La Audiencia le informa al señor Ortiz que éstas no son las tierras de la "Nueva España" sino las de una nación independiente.

Bueno, pero… ¿ya tienen el reconocimiento de España?

Se le informa que sí, desde el año de 1836.

Ah, apenas recientemente. Pues no estaba yo enterado… ¡Felicidades! De cualquier manera, sus señorías, ésa es una de las razones por las que dicha obra, surgida de mis manos, cual Atenea emergiera de la cabeza de Zeus, no es conocida en la Nueva Espa… Aquí. Y la segunda razón es la que he llamado "temporal"; es un óleo, de grandes dimensiones por cierto, pintado hace… ¡Jesús, cómo pasa el tiempo! Poco más de cuarenta años, aproximadamente. Es, en realidad, no un retrato de la niña Leona, insufrible en su carácter desde entonces, sino más bien de Don Gaspar Martín Vicario y su familia. ¡Ah, don Gaspar! ¡Qué caballero! ¡Qué donaire! Ahí está él, con su casaca y su calzón del más fino de los damascos y una chupa de blanca seda, toda orlada y recamada en oro. ¡Hasta las hebillas de sus zapatos eran de oro! Claro que, para un hombre de su alcurnia e importancia, no sólo social y económica, sino también política, no podía esperarse otra cosa. ¿Y las féminas ahí retratadas de manera magistral? ¡Ah, las féminas! Todo recato, todo decencia, todo compostura. Menos la escuincla, claro. La tal Leona… ¡Y a quién se le habrá ocurrido semejante desatino de nombre, me pregunto! Pareciera que el nombre ha signado el carácter de esa pobre criatura… ¿Cómo, perdón? Tendría cinco años cuando mucho… No, señores, no es natural a ninguna edad la majadería ni las rabietas. ¿Saben ustedes qué tenía que hacer el paciente padre para que el pequeño energúmeno se estuviese quieto? ¡Tenía que darle monedas! No dulces, no juguetes, no un buen zopapo, no, ¡monedas! Y por eso los retraté así: al padre dándole una moneda a la hija. A don Gaspar le pareció simpático el detalle. Para mí fue una venganza. ¡Naturalmente que aparece la madre! Una hermosísima mujer, doña Camila, a quien retraté con sus organzas y sus sedas. Las tres hijas, vestidas de manera vaporosa y en tonos pastel, por cierto, para contrastar magistralmente el carácter femenino con el viril y austero del padre…

La Audiencia le hace ver al señor Ortiz que doña Leona Vicario fue hija única por lo que, tal vez, todas sus apreciaciones, hasta ahora, son incorrectas.

Fue hija única de doña Camila, mas no de don Gaspar, señores. Doña Camila, que en paz descanse, fue mujer de don Gaspar en segundas nupcias. Y por ello están ahí retratadas las otras hijas: doña María Luisa y doña Brígida, quienes no eran mayores de diez y de ocho años, respectivamente, ambas hijas de doña Petra Elías Beltrán, que de la Gloria del Señor goce. ¡Pobres criaturas! Fueron huérfanas de padre y en dos ocasiones de madre, pues doña Camila supo ser una buena y cariñosa madrastra, según me lo decían los allegados a la familia, aunque aquí, *entre nous*, seguramente la consentida no dejó de ser nunca la menor, la fierecilla aquella y, por lo mismo, en cuanto se vieron huérfanas de padre y viendo que su madrastra también flaquease en salud, doña María Luisa apuró en casarse con un hombre de posición, ¡y de qué posición!, mientras que doña Brígida, siendo aún adolescente, se acogió al amor conventual de las monjas carmelitas y ella fue, señores, quien decidió que el cuadro maestro fuese llevado a Valladolid para tener un recuerdo de su familia en aquellas tierras benditas de la España gloriosa, puesto que allá se enclaustró la santa muchacha, a diferencia de otras… Júzguese si las virtudes y los desatinos se adquieren o no en el seno materno: doña María Luisa y doña Brígida compartieron el mismo vientre y ahí está el resultado; en cambio, la menor, y no es que pretenda hablar mal de la difunta doña Camila…

Se le pide al señor Ortiz que se abstenga de lucubrar en tales sentidos y explique a esta Audiencia el por qué firmó aquel que llama "cuadro maestro", y más de cuarenta años después no firmó el segundo retrato.

Porque la señora Vicario era insufrible, ni más ni menos. ¿Tengo que repetirlo? ¡Pero si siendo una niña era incorregible! Y ya sabéis lo que dice el refrán: "Árbol que nace torcido, jamás su tronco endereza". No, señores, no, ¡si yo les contara esas sesiones infernales al lado de vuestra Benemérita! Siempre corriendo, siempre de mal humor, siempre amonestándome porque me tardaba en mi obra, porque tenía que escribir tal o cual artículo para el periódico. ¿Se pueden imaginar sus señorías una desviación tan atroz del intelecto de las féminas? ¿No deberían éstas dedicar los esfuerzos de su educación, limitada y defectuosa, aunque eminentemente pía, a los escritos, a veces castos, a veces fieros, pero siempre intrascendentes de los diarios? ¿No deberían limitarse a desgranar en estos cuadernillos, alcahuetes de sensiblerías y pasiones insanas, sólo las lágrimas que les es dado derramar, dada su inocente y débil condición? ¿Por qué escribir la mujer en un periódico, señores? ¿Debe ser un periódico el receptáculo de pensamientos vanos, cotilleos y recetarios de cocina? ¿No son éstos la fuente más directa que tiene el vulgo para enaltecer su espíritu y acrecentar sus conocimientos? ¿Por qué entonces, señores, en lugar de posar recatadamente para mí, en lugar de permitir que su imagen quedara plasmada para la posteridad y para el amoroso recuerdo de sus hijas y sus nietas, la tal señora Vicario insistía en suspender nuestras sesiones, en matar mi inspiración, para escribir no sé qué desvaríos en los periódicos?

Se le notifica al señor Ortiz que el pensamiento liberal de nuestra joven nación se ha visto enriquecido por las lúcidas argumentaciones de doña Leona, plasmadas en sus siempre acertados y agudos escritos para los diarios, y que no es en vano que se le considere como la primera mujer periodista de México.

Ah, pues no estaba enterado, y aun así que ustedes me lo aseguren, mi pensamiento se resiste ante tal aberración, pues cierto es que las manos de las mujeres deben de dirigirse al cuidado y crecimiento de los niños, al cuidado y al amparo del esposo y sólo éste será la guía intelectual, no sólo de su mujer y de su familia sino de su patria.

Se le informa al señor Ortiz que el señor Ministro de la Suprema Corte de Justicia, don Andrés Quintana Roo, hoy viudo de doña Leona Vicario, ha recibido siempre, inclusive en sus misiones diplomáticas en el extranjero, los consejos de su ahora difunta esposa.

Pues ahora entiendo por qué están las cosas como están…

Se le pide al señor Ortiz que dé prontamente su voto a favor o en contra y se retire, puesto que hay una larga fila de declarantes que ya alcanza la calle, y que esperan a ser atendidos.

Daré mi voto, sí, pero también daré la razón del mismo. Escuchad: mi voto se mueve en sentido contrario al vuestro: no debe ser considerada la señora Vicario Benemérita de nada puesto que, evidentemente, su sentido de la realidad siempre se encontró enajenado…

Se le hace notar al declarante que sus palabras son incomprensibles.

¿Pero cómo no ha de estar enajenada la realidad de una mujer que porfió para que yo no terminase su retrato porque, según ella, no la plasmaba a cabalidad? ¿Cómo creer que no se encontraba enajenada cuando me dijo abiertamente que mi trabajo, hijo directo de Murillo, de mi bienamado maestro don Miguel Cabrera y sí, por qué no, inclusive de Tiziano, era una soberana porquería y que ella, además, no tenía semejante papada? ¡Una mujer, señores, una matrona que no acepta tener papada es, sin lugar a dudas, una persona que está ajena a la realidad! Y esto, venerables areopagitas, contesta también a otra de sus preguntas: ¡por esta razón no he firmado ese cuadro malhadado que espero no volver a ver nunca más!

La Audiencia agradece al señor Ortiz su presencia y lo conmina a que se retire y además a que tenga cuidado al salir, pues son muchas las personas que lo han abucheado durante su declaración y no tendrán reparo en sus años.

HABLA DON MARIANO SALAZAR, ARRIERO DE OFICIO.

Yo delaté a Leona Vicario. Dicen que por mi culpa fue a caer en manos de la Inquisición. Esto fue hace muchos años. Ora, haciendo cuentas, creo que son ya como treinta. Parecen muchos, pero en mi conciencia parece como si ayer apenas hubiera hecho lo que hice, delatar a la señorita Leona. Y por eso, por mi conciencia, vengo ante ustedes, señorías, porque siento aquí muy dentro algo muy raro que no atino a explicar. Sí, yo delaté a la señorita Vicario, pero por un lado, la mera verdá… es que no me arrepiento, aunque he vivido arrepentido desde entonces…

La Audiencia le pide al señor Salazar que explique su decir.

Pos eso es justamente lo que quiero, explicar mis dichos o hasta, en una de ésas, sus mercedes me los explican a mí. Porque miren cómo son las cosas, señores, hace treinta años yo cometí ese pecado de debilidad y, pos sí, traicioné a la señorita Leona y por eso fue a dar a la Inquisición. Pero les digo que las cosas son como son, porque la señorita Vicario, ni estuvo en las cárceles de la Inquisición, ni fue torturada y ahora, que ya se murió la pobrecita, es una gran heroína. Pero se murió en su casa, señores, en una casa rica, rodeada por su esposo y sus hijas, por sus parientes, sus doctores y, en una de ésas, hasta por el mismísimo Presidente. Y así fue siempre ella. Es decir, me refiero a que siempre fue rica. Y pos, la mera verdá, no es lo mismo ser un revolucionario rico que un revolucionario pobre. Y ahora que les hablo de estas razones, señores, como que se me empieza a aclarar el pensamiento, porque miren, cuando a mí me obligaron a hacer la delatación, o como se diga, yo era lo que sigo siendo ahorita: un arriero pobre y jodido. Ya en ese entonces me había yo casado con Martina, mi mujer, y ya se me había muerto, y ya tenía yo a mis cinco hijos que son lo que yo fui y son lo que yo soy: arrieros. Bueno, y eso nomás tres, porque dos, la Aurorita y el Mariano, que era el menor, se me murieron de chiquitos. Y se me murieron de un día pa' otro. Igual que mi Martina. Les entraron las fiebres y no las aguantaron. Y dicen que de todo eso tuvo la culpa, sabrá Dios si es cierto, el señor Morelos, aunque otros le echan la culpa al señor Calleja. Yo, personalmente, creo que fue Calleja el culpable. A lo mejor ustedes no lo saben, porque son más o menos jóvenes, pero allá por 1812, creo yo, o no sé bien cuándo aiga sido el famoso Sitio de Cuautla... Pos ya ven que el cura Morelos se estuvo ahí, en Cuautla, más de dos meses, encerrado por el señor Calleja. Y dicen que el tal Calleja cegó los pozos de agua pa' matar de sed o de ponzoña a Morelos y a la gente de Cuautla. Y sí los mató. Bueno, no a

Morelos. Ése se escapó, pero los demás se murieron, porque el bruto de Calleja, y dispensen ustedes, pos nomás no entendía que si emponzoñaba un pozo emponzoñaba el agua de la región. Y es que los militares sabrán mucho de cañones y de batallas pero de la tierra, de su agüita y de los ríos que van escondidos por debajo de las milpas no tienen, por lo visto, conocimiento. Y ái está, que se llega la tifoidea. Y la tifoidea, desde Cuautla, se llegó hasta Puebla y hasta la Ciudad de México, donde dicen que se jaló a casi cincuenta mil almas. Y ái está, entonces, que si la maldita enfermedad ésa se fue desde Cuautla hasta Puebla y desde Puebla a la Ciudad de México pos, ¿por qué no se iba a ir a Tlalpujahua? Y ahí, entre esas cincuenta mil almas, la tifoidea se llevó también la de mi mujer y las de mis dos chamacos. Y por eso traicioné a la señorita Vicario. Bueno, no por eso, porque yo no soy traidor, pero cuando la señorita Vicario empezó a pagarme pa' que yo le llevara de contrabando cartas a los insurgentes, ¿pos qué querían que hiciera? Tenía otros chamacos que alimentar, la tierra estaba seca y nomás no había manera de cultivarla, porque pos yo no fui el único que pagó los platos rotos. Fíjense, les platico que mi compadre Melesio sufrió una suerte parecida a la mía y su vecino de mi compadre, Torcuato, también se quedó igual, o hasta pior. Así que las monedas que me daba la señorita Vicario por repartirle las cartas que ya dije, aun a riesgo de mi vida, pos las usaba yo pa' sacar adelante a mis chamacos. Pero quiso el mal destino que, allá por Chiluca, me agarrara el Capitán Anastasio Bustamante, que pa' que vean que no les hablo falsedades en lo que al destino respecta, ése es otro que confirma mis dichos. Cuando me atrapó ya era Capitán, muy elegante, todo vestido de medallas y farolones, pa' que luego lo hicieran Vicepresidente y después, cuando el muy artero traicionó a don Vicente Guerrero, hasta Presidente llegó a ser. Así que unos por malos y otros por buenos, unos por héroes y otros por traidores, los ricos siempre han sido ricos y los jodidos siempre seremos los jodidos.

La audiencia entiende el sentir del señor Salazar pero lo conmina a precisar y a concluir su declaración.

Pos a eso estoy llegando, sus mercedes, y les agradezco que me den el beneficio de aclarar mis pensamientos. La cosa es muy sencilla: el señor Anastasio Bustamante, un traidor, ¿está encerrado en la Inquisición ahorita? ¿Lo pasaron por las armas? No, señores, está en las Europas. ¿Y la señora Vicario, una revolucionaria, traicionada por un servidor, cayó en la Inquisición? Tampoco, sus señorías. ¡Pos si su tío, el rector de la Universidad, y su otro tío, el abogado del virrey, eran rete influyentes! La señorita Vicario nunca pisó la Inquisición, digo, el edificio pues, y nunca la torturaron y nunca pisó ninguna cárcel, ¡porque era rica, me refiero! ¡Porque tenía influencias! Y la cárcel y la Inquisición y el hambre y los tormentos se los cambiaron por tenerla guardada en el Colegio de Belén, ése que le dicen de las mochas, rodeada de monjitas y criadas. Y por eso les digo que ya, a la larga, pos no me arrepiento de haberla traicionado porque, ¿saben ustedes de qué están llenas las cárceles y los calabozos de este país? ¿Saben a quiénes se tortura, se ajusila o se manda a trabajar al desierto de Sonora o a San Juan de Ulúa en este México en el que dizque ahora todos semos iguales? Pos a los jodidos como yo, señores, a los arrieros, a los verduleros, a los herreros, a los que no tenemos ni un céntimo pa' que nuestros hijos no se nos mueran largando el cuerpo en diarreas y vómitos; las cárceles están llenas de pobres, de pobres que no tienen dinero, ya no digan ustedes pa' contratar un juez comisionado, sino aunque sea pa' sobornar a las justicias, o alquilar un barco que lo lleve a uno a las Europas, ¡y ya no hablar de tener tíos o parientes influyentes que nos rescaten! Y por eso no me arrepiento de lo que hice. Y conste que no estoy diciendo que estuvo bien haber delatado a la señorita Vicario. Claro que no estuvo bien. Yo soy cristiano y soy decente. Pero salvé el pellejo y pa' mí, salvar el pellejo, era lo mismo que salvar y crecer a mis chamacos que me quedaban. Y me da lástima, no tengo por qué negarlo, que si alguna vez se habla de mí y las gentes de tiempos venideros se llegan a acordar de mi nombre, que la mera verdá no lo creo, ¿saben qué me da lástima, señores? Que me vayan a llamar traidor. En eso se queda todo. "Mariano Salazar, el arriero que traicionó a Leona Vicario." Pos ni modo, si así ha de ser que así sea, pero yo, señores, ora con el pensamiento despejado, quisiera, si es que venir a hablar con ustedes me sirve de algo, quisiera, les digo, que escriban mi nombre así: "Mariano Salazar, el arriero que libró la muerte y salvó a sus hijos del hambre". ¿Quieren mi voto pa' la Benemérita? Pos ái 'stá mi voto. Total, aunque no vote, si los de arriba quieren, los de abajo qué…

LLEGA A ESTA MESA DE DECLARACIONES LA REVERENDA MADRE SOR MARÍA BRÍGIDA, RADICADA EN VALLADOLID, ESPAÑA, Y PERTENECIENTE A LA ORDEN DE CLAUSURA DE LAS REVERENDAS MADRES CARMELITAS DE AQUELLA CIU-

DAD. LLAMADA EN EL MUNDO MARÍA BRÍGIDA VICARIO
ELÍAS, HERMANA POR PARTE DE PADRE DE DOÑA LEONA
VICARIO.

El cielo dispuso, señores, que yo perdiese a mi familia siendo aún muy joven. Primero murió mi madre, doña Petra Elías Beltrán, española. Después mi amado y venerado padre, don Gaspar Vicario, natural de Ampudia, también español y radicado en estas tierras en las que fuera, no sólo un brillante comerciante, sino también, y Dios perdone la inmodestia, un sagaz político que fungiera como Regidor Honorario de esta ciudad e, incluso, como diputado del Real Tribunal del Consulado.

La Audiencia pide a la reverenda madre María Brígida que explique cómo, viviendo en un convento de clausura, se encuentra fuera de éste y en un país extraño.

Mi posición dentro del convento me permite la libertad de salir de él en un caso extraordinario, como es el de la enfermedad de mi querida hermana Leona y la tristísima muerte de mi señor tío don Agustín Pomposo Fernández de San Salvador.

La Audiencia pregunta cuál es su posición dentro del convento.

Pues, verán… Dios nuestro Señor nos ha hecho iguales a todos, ¿no es cierto? Pero, bueno, a veces hasta Él sabe entender algunas diferencias... Sin embargo, les hablaba yo de mi señor padre. Fueron tan grandes sus conocimientos y tan magnificente su desempeño que esto le permitió relacionarse con la distinguida familia Fernández de San Salvador. Ahí conoció, no sólo a la que sería mi segunda madre, sino también a los que serían sus cuñados, mis señores tíos don Agustín Pomposo y don Fernando, ellos también de antiguo y privilegiado linaje. En aquella familia, ya lo he dicho, conocería mi señor padre a doña Camila Fernández de San Salvador y Montiel y plugo al cielo que no me permita invocar su nombre sin amor, sin gratitud y sin la devoción de una hija que la amó hasta su temprana muerte. Cuán doloroso puede ser para una joven perder a sus padres en temprana edad y cuán doloroso puede resultar además ver morir a aquella que ha, no usurpado, sino más bien ocupado, con legítimos amor y ternura, el lugar de mi difunta madre.

La Audiencia presupone que la declarante fue llamada a México por su señora hermana y que su voto para la causa que se le sigue será afirmativo.

No, no fui convocada por mi hermana Leona. Fui convocada por mi querida sobrina Dolores y no, señores, mi voto no será a favor de mi hermana, sino en contra de la causa que ustedes persiguen.

La Audiencia no comprende...

Los hombres no habrán de comprender nunca los caminos que marca el Señor, así como yo no comprendí los caminos que tomó Leona ni ella comprendió los míos. Mi sobrina Dolores, hija menor de mi hermana, me escribió a

España para notificarme sobre la muerte de mi señor tío don Agustín Pomposo y para rogarme, además, que viniera a México para quedar en paz con Leona, previendo su muerte, pues su salud estaba muy desvanecida. Y por eso he venido, por caridad cristiana, por amor a mi sobrina y por los lazos de sangre que me unen a Leona. Pero no era el océano entero el que me separaba de Leona. Siendo aún niñas, siendo adolescentes, un océano más agreste se interponía entre nosotras. Yo heredé de mis padres un sentido del rigor, de la mesura y la disciplina que Leona jamás conoció. Y en eso tuvo que ver la familia Fernández de San Salvador, toda vanagloria y oropel, toda presunción y pompa de su abolengo, su historia, los cargos públicos ocupados por los integrantes de la familia, las glorias pasadas… ¡Mi señor tío don Agustín Pomposo llegó a la conclusión, de muy extraña manera, de que su familia era descendiente del rey Nezahualcóyotl! ¿Habrase visto mayor fruslería? ¿Y por qué podría sentirse orgulloso un hombre, de clara ascendencia española, por ser descendiente de un rey indio? Tal vez, y perdonen la sorna que se asoma a mis labios, el buen tío Agustín, que mal escribía algunos versillos, encontraba su inspiración en los ingenuos escritos del llamado rey poeta. ¡Pobre tío! No heredó ni la gracia ni la ingenuidad de Nezahualcóyotl y nunca fue socorrido por las Musas. Como decimos en España, el buen tío Agustín, en paz descanse, era un plomazo, con perdón de sus señorías. Cuando mi segunda madre, doña Camila, falleció, me encontré ante una senda tan insegura en mi derrotero que lo único que me ofrecía alguna certeza era la vida conventual. Mis señores tíos, don Agustín y don Fernando, se volcaron sobre su sobrina carnal, mi querida hermana Leona. Lo entiendo, es natural, la sangre llama, dicen.

¡Pero cuánta zozobra padecimos mi hermana María Luisa, que era la mayor, y yo! Y yo aún más al ver que María Luisa asignaba su herencia toda, a manera de dote, para lograr un muy provechoso matrimonio. Leona por su parte, una muchacha de diecisiete años, parecía celebrar, y que Dios me perdone por decirlo así, la muerte de nuestra madre. Tomó prontamente su herencia de más de cien mil pesos oro para decorar su nueva casa. ¿Y los muebles de nuestra madre? Fueron convertidos en leña porque, según dijo Leona, así se lo había indicado nuestra propia madre, ya que ésta había muerto de una enfermedad contagiosa.

¿A qué enfermedad contagiosa se refería doña Leona?

No pienso responder a eso. Fue la voluntad de Dios. Tan sólo les diré que Leona gastó, no digamos cientos, sino miles de pesos oro en redecorar su nueva casa.

La Audiencia pregunta por qué la declarante se refiere a "su nueva casa".

¡Porque así lo quiso y permitió mi señor tío don Agustín Pomposo! Hizo comprar dos residencias contiguas para vivir uno junto a otro, en la calle llamada de Don Juan Manuel. ¡Dejó a Leona vivir sola, en soltería, en una nueva casa! ¡Inclusive mejor que la del mismo tío don Agustín! Muchas, demasiadas libertades se le dieron a esa muchacha. Como romper su compromiso matrimonial con don Octaviano Obregón, por ejemplo. ¡Romper el compromiso matrimonial que nuestra propia madre había establecido para ella! Pobre Octaviano... Se fue a España como diputado de las

Cortes de Cádiz y se quedó sin prometida, ¿y por qué? Porque la señorita no estaba dispuesta a esperar su retorno, que se daría tan sólo en algunos años. No, no... en cambio hizo, como siempre, su santa voluntad y se casó, ¡por amor! ¡Qué desfachatez! ¿A quién se le ocurre casarse "por amor"? Si es que se casó, por otra parte...

La Audiencia suplica...

Pero ella siempre fue así. Tenía la desagradable ocurrencia de repetir siempre, como una vulgar cantaleta, estas palabras, juzguen ustedes: "Me llamo Leona y quiero vivir como una fiera". ¡Qué descarada!

La Audiencia insiste en...

Aunque hablábamos de su personalidad dispendiosa. Les he dicho que convirtió en leña los muebles de mamá, ¿no es así? ¿Y los muebles nuevos que mandó a hacer, señores? Esos muebles fueron, sencillamente, un exceso. Llenó su casa con mesas de finas maderas, rinconeras, sillas, cómodas, canapés y cojines forrados en seda, ¡aguamaniles de madera de bálsamo! Grandes espejos con copetes de biseles, baúles de linaloé, candelabros de cristal azul turquí dorado, bombas de cristal...

Se le pide a la decla...

¡Por no hablar de la vajilla! ¡De Sajonia! ¡No se privó de nada la señorita! Cucharas, cucharones, cuchillos y tenedores de plata, ¡escobetas con guarniciones de seda y plata!

¡Vasos de cristal dorado con polvo de oro! Si se peinaba, lo hacía sólo con peines de carey; para dormir, almohadones de cambray; si cosía, el dedal de oro, naturalmente; y si pintaba, sus materiales los guardaba en cajas de marquetería. ¿Y sus vestidos? ¡Leona no sabía del recato ni de la moderación! ¡Un ajuar comprado en Francia es lo que parecía el ajuar de mi hermana Leona! Vestidos de seda bordados en oro. Sus gorras y sombreros de raso blanco y listones morados; sobretúnicas de gasa azul de Italia, guarnecidas de flecos ¡y lentejuela de plata! Bandas de tafetán y guantes de tafilete, medias con botín bordado y zapatos con hebillas de oro... Por no hablar de las joyas, señores, herencia de nuestra madre. A ella le encantaba usar, y eso a pesar de su propio dicho de que nuestra santa madre había muerto de una enfermedad contagiosa, un aderezo formado de un collar de cincuenta y una perlas y una calabacilla con lazo de brillantes, y dos aretes también con calabacilla y estrellitas y lazos de brillantes. ¡Eso no lo destruyó, al igual que los muebles! ¡No, no...!

La Audiencia ordena a la...

¡Y un ejército de criados, señores! Eso sí, vestidos todos de luto, que por respeto a la memoria de nuestra pobre madre, decía. Qué fácil es guardar el luto cuando se vive en jauja. ¿Y creerían sus señorías que convirtió una bodega en cochera porque tenía nada menos que dos carruajes? ¡Ah, vanidad! A los dos o tres años, según lo supe después, ya había tenido que vender, por lo menos, el cabriolé y creo que hasta unas cuantas mulas, pues su fortuna se encontraba muy mermada...

La Audiencia no considera reprobable que una mujer de la posición social de doña Leona gustara de ciertos lujos. De la misma manera, se le hace ver a la declarante, la señora Leona Vicario vivió en la más absoluta de las pobrezas en los años de la insurgencia.

Porque hay un Dios que todo lo ve y todo lo castiga, sin duda alguna. Pero sus desvaríos de insurgente no me interesan. Sólo trato de explicar a sus señorías los motivos que me llevaron a tomar los hábitos carmelitas...

La Audiencia señala que ése no es...

Figúrense ustedes. Por un lado, muertos mis padres; por allá, mi hermana María Luisa casada y dedicada a las obligaciones del matrimonio y por aquí, mi hermanita menor, mimada hasta el exceso por mis señores tíos, malgastando su fortuna, mal formando su pensamiento con lecturas impropias para una mujer y para una joven...

La Audiencia se interesa en saber cuáles eran esas lecturas llamadas "impropias".

Bien, pues me refiero a obras... impías y de carácter, no sé, científico, digamos. Recuerdo que la seducía una obra jesuita. ¡Jesuita, por Dios!, llamada *Idea del Universo*. ¿Ahora me entienden? ¡Ah, y había otra! *Historia natural, general y particular* se llamaba, de otro francés de apellido Buffon, creo. ¿Qué tendría mi pobre hermana que estar haciendo con esos libros, señores? Por no hablar de las obras del infortunado padre Feijóo. ¿Y las novelas? ¿Qué de bueno se obtiene de ellas, caballeros? ¿Qué puede haber de cristiano en los aberrantes autores ingleses y sus escritos pergeñados sin freno y sin decoro, haciendo gala impropia de un sentimentalismo atroz? *¿Clara Harlowe?* *¿La huerfanita inglesa?* ¡Por todos los santos! ¿Y no perdía el tiempo mi hermana, ya no digamos en aprender a hablar francés, como si dicha lengua interesara a los verdaderos virtuosos, sino además en traducir al español un libro antimonárquico, horrendo, inmoral y despreciable llamado *Las aventuras de Telémaco*, del pérfido Fénelon?

Se le pregunta a la declarante si ha leído el tal libro "inmoral y despreciable".

¡Por supuesto que no! ¡Me parece tan despreciable que no lo he leído jamás!

Se le agradece a la declarante el tiempo que se ha tomado para...

¡Pero no les he dicho aún por qué razón ingresé al convento!

Pero la Audien...

Encontrándome a mitad de tanta locura, de tanta inconsciencia e impiedad, ¿en dónde quedaba yo, señores? ¡En el desamparo total! Por eso me acogí al amor de mi familia peninsular, los Vicario, y me embarqué hasta allá para radicar por un tiempo en Ampudia, después en Alconada, hasta llegar a Valladolid al convento de las hermanas carmelitas. Llevé conmigo, como único recuerdo, un retrato de nuestra familia en épocas más felices. Nunca más volví a ver a Leona. Ni siquiera una carta me escribió. Si alguna vez fuimos hermanas, ella lo olvidó por completo. Si me hubiese muerto habría sido lo mismo para ella.

La Audiencia entiende los sentimientos de Sor María Brígida, pero le hace ver que los ideales y sentimientos de la señora Vicario se encontraban en altares por mucho más altos, como lo son los de la Independencia de su patria, luchando brazo con brazo con quienes nos dieron Libertad.

Sí, abarraganada, arrejuntada con el señor Quintana, viviendo en el pecado…

La Audiencia suplica a la declarante que sustente tales dichos.

¿Alguna vez presentaron mi hermana y su esposo don Andrés su acta matrimonial? Ya no digamos un acta eclesiástica, que si bien Leona jamás fue atea y sí, en cambio, debo reconocerlo, muy devota, no sólo de la Guadalupana sino también de la Virgen de los Remedios, nunca fue, precisamente, una mujer que cumpliera con las obligaciones que le exigía su Religión y su Iglesia.

La Audiencia comparte con la declarante dos consideraciones. La primera, que la inexistencia de un documento siempre será entendible en tiempos turbulentos; y la segunda, que parece poco probable que si la misma declarante acepta la devoción católica de doña Leona, ésta no haya solicitado un matrimonio religioso a los muchos sacerdotes que se habían unido a la revuelta, empezando por el señor cura don José María Morelos y el padre Mariano Matamoros, por mencionar sólo a dos de ellos.

Con todo respeto, sus señorías, pero, ¿conocen ya el testamento de mi hermana Leona?

No es el fin de esta Audiencia.

Ha dejado el dinero suficiente para mandarse a decir ¡quinientas misas! ¡Quinientas! ¿Quién que no cargue en el alma un atroz remordimiento, quién que no se sepa en pecado mortal se manda decir, por el amor del Dios divino, quinientas misas? ¡Eso sin contar los dos mil pesos oro que dejó, además, para que se dijesen cada año nueve misas cantadas en el Santuario de Nuestra Señora de Guadalupe! ¿Qué espera alcanzar Leona? Ya sé que, según ustedes, hay altares más importantes pero, entonces, ¿por qué se preocupa tanto por estar en los altares de Dios?

Se conmina a la reverenda...

Éstas, señores, les parecerán a ustedes las palabras de una beata, de una monja inútil al mundo y apartada de él; una pobre monja, hija de una Iglesia cada vez más vituperada y humillada en estas tierras, pero no se engañen. Si bien mis padres fueron españoles y yo vivo ahora en España, soy criolla o, como ahora me deben llamar ustedes de manera más sencilla, soy, por nacimiento, mexicana. Y bien les digo que una patria sin Religión, sin Iglesia, es como un niño perdido en la obscuridad. Una patria que se aleja de la guía espiritual de la Iglesia es un barco que navega sin vigía, sin timón y sin brújula. Sé cuál es el sentido de esta asamblea pública. Votar a favor o en contra de los nombramientos propuestos para mi hermana. Ya les he dicho que mi voto es en contra. Y voto, ya lo he dicho, porque soy mexicana de nacimiento. Y voto en contra porque antes de ser beneméritos de ninguna patria, deben ser los hombres y las mujeres beneméritos ante los ojos de Dios, respetar sus preceptos, aceptar sus designios, amar y cumplir sus mandamientos. Y sólo así alcanzarán las naciones de este mundo la armonía perfecta y sus hombres y mujeres encontrarán la paz y la santidad. Me retiro ahora, señores. Debo socorrer a mi sobrina Dolores en todo lo relativo a los funerales de su madre, mi hermana. Dolores está sola, porque Genoveva, pobre criatura, es el vivo retrato de mi hermana. Que Dios la proteja y que Dios guarde a sus señorías.

Se agradece la partida de la religiosa y esta Audiencia pregunta por qué no se ha instalado una segunda mesa de declaraciones. La respuesta es que el oficio no ha sido entregado todavía al oficial ayudante. A pesar de las quejas del público, esta Audiencia trabaja a marchas forzadas.

SE ACERCA Y HABLA EL GENERAL EN RETIRO, DON LUIS ALCONEDO.

Fui yo quien rescató a doña Leona Vicario del Colegio de Belén de las Mochas. Lo hice y lo declaro, porque así lo impone el Honor, junto con los señores Coroneles del Ejército Insurgente, don Antonio Vázquez Aldama y don Francisco Arroyoyabe, ambos fallecidos.

La Audiencia pide más detalles sobre cómo se desarrolló tal acción.

La señorita Vicario había sido depositada en el dicho Colegio de Belén después de que se le iniciara un proceso por sedición. Era una insurgente comprometida con la causa, con sus ideales y, bueno, comprometida también con don Andrés Quintana Roo quien, junto con un servidor, planeó el rescate, encontrándonos en Tlalpujahua. Esta acción fue una cadena de afortunadas circunstancias que procedo a enumerar. Primero: gracias a las influencias de los señores Fernández de San Salvador, doña Leona no fue llevada a las cárceles de la Inquisición, sino al Colegio que ya he mencionado. De darse el primer caso, el rescate habría sido más bien un suicidio por nuestra parte. Segundo: el habernos enterado nosotros, de manera fortuita, de las cartas que enviara don Agustín Pomposo Fernández al señor don Miguel Bataller, Ministro de la entonces Real Junta de Seguridad y Buen Orden, en las que, de manera pública, en una primera carta le notifica que su sobrina ha sido capturada en Huisquilucan, y de manera muy privada, en una segunda misiva, le suplica clemencia, dada la alta posición en la sociedad que presume la familia. El otro señor tío de doña Leona, don Fernando, propuso el Colegio de Belén como un sitio seguro en el que recomendó a las amas, a las monjas y la Prepósita que no la perdieran de vista ni un momento, y que no le permitieran tratos ni siquiera con las otras internas. Ahí, en ese Colegio, se llevó a cabo el proceso inquisitorial.

La Audiencia se muestra sorprendida de que, aún así, tan sólo tres hombres hayan logrado el rescate.

No éramos tres hombres. Éramos tres militares, señores.

La Audiencia no ha pretendido ofender al General Alconedo.

Muchas veces se confunde, señores auditores, a los miembros del Ejército Insurgente con una horda de salvajes beligerantes.

La Audiencia insiste en...

Yo jamás pertenecí a esas hordas. Muy por el contrario. Mi preparación es militar y mis pensamientos fueron educados en el espíritu del Regimiento Especial de los Dragones de la Reina, en los tiempos en que nuestra patria era todavía una colonia española. A los quince años fui enrolado por mis benditos padres en el llamado Ejército Realista y debo mi preparación y disciplina al Señor General don Ignacio Allende, que de la Gloria de Dios goce.

La Audiencia ignoraba que...

Son tantas cosas las que ignoran los civiles. Pero no es el caso aquí discutirlas. Los civiles son incapaces de comprender ciertos aspectos del orden y la disciplina.

Se le pide al General Alconedo que aclare su decir.

¿Cómo entender las necedades y las incoherencias del cura don Miguel Hidalgo, por ejemplo, sordo ante las razones claras y precisas del General Allende, después de nuestra victoria en el Monte de las Cruces?

La Audiencia no comprende el por qué se ejemplifica tal hipótesis usando la persona del Padre de la Patria.

Yo estuve en esa batalla. Yo portaba con orgullo, junto con mis compañeros, el uniforme de los Dragones de la Reina, consagrados ya a la misión suprema de dar independencia a estas tierras. Éramos fieles seguidores del Capitán Allende. No así del señor Hidalgo, un hombre que no sabía ni de estrategias ni de disciplina militar y arrastraba tras de sí hordas enardecidas de hambrientos zarrapastrosos y de indios sedientos, no de justicia y libertad sino, más bien, de venganza. Un feroz rebaño que aniquilaba vidas, destruía propiedades y pisoteaba la dignidad de los prisioneros, atentando contra las más elementales reglas de honor de la guerra. Todo a la vista impasible de Hidalgo y a pesar de los constantes reclamos del señor Allende. Otra sería nuestra historia si se hubiese conferido a don Ignacio Allende la capitanía y no la tenencia general de la revolución. Si el señor Hidalgo no hubiese mercado con su soberbia, que no era otra cosa más que miedo, nuestras fuerzas habrían tomado la Ciudad de México y la guerra no se habría extendido por diez años más. ¡Estábamos ya ahí! ¡En Cuajimalpa! Perdonen pero, ¿dicen ustedes que el cura Hidalgo es el Padre de la Patria? Qué equivocados están todos. ¡Allende y no Hidalgo, es el verdadero Padre de esta Nación!

La Audiencia no desea perturbar el ánimo del señor General Alconedo, por lo que suplica que continúe su relato y ofrezca su voto, sin ninguna interrupción de nuestra parte.

El Colegio de Belén no ofrecía problema alguno, pues carecía de una mínima seguridad estratégica.

Así lo entiende la Audiencia, desde que era un Colegio y no una prisión.

A eso me refiero con la indisciplina y la incongruencia de los civiles. Ofrecen guardar silencio y lo primero que hacen es romper su palabra. Demasiados civiles en este Gobierno…

La Audiencia pide perdón a… y le suplica…

Además de los oficiales ya mencionados, me hice acompañar de otros tres hombres. Los tres, hombres de confianza. Nos apostamos una noche, junto a nuestras monturas, en el costado norte del edificio, cercano al acueducto de Chapultepec. Íbamos vestidos con capotes, sombreros negros y paños de sol. Otros con paños de jerga y botas campaneras, con el objetivo de semejar paisanos. Al anochecer, determiné que aquellos hombres montaran guardia y nos protegieran a nosotros, los Coroneles Arroyoyabe y Vázquez, así como a un servidor que, debo aclarar, en aquel entonces, naturalmente, no era yo General, sino Coronel, al igual que mis compañeros.

Lamento aceptarlo, pero las buenas monjitas se aterraron a la sola vista de nuestras pistolas, mismas que sacamos por precaución y no para amagar a esas dos pobres religiosas. Llevábamos preparadas nuestras armas para el caso de que el señor Berazueta, de la Real Junta de Seguridad...

Perdonando la nueva interrupción: ¿Berazueta
no fue...?

Fue quien descubrió la huída de doña Leona de esta ciudad, justo antes de que éste la apresara al descubrirla culpable de traición y sí, fue el mismo Berazueta quien descubrió el paradero de la señora Vicario cuando se encontraba fugitiva en Hisquilucan.

La Audiencia agradece la aclaración y pide disculpas
una vez más.

Procedo. Llevábamos pues las armas, sólo en caso de que el dicho Berazueta hubiese colocado guardias encubiertos alrededor del Colegio. Evidentemente no lo hizo... civiles... Aún así, repito, a pesar de que no amenazamos a las monjas, éstas, muertas del susto, abrieron de inmediato el portón. Y fui yo quien se introdujo en el Colegio hasta dar con la celda de doña Leona. Ella desconfió de seguirme en un principio, pero una vez que hube mencionado al señor Quintana Roo, poco faltó para que me abrazara de alegría. Y como caballero que soy, me resisto a declarar que tal hecho me habría agradado sobremanera, pues debo decir que la belleza de la señora Vicario no la había conocido yo jamás. La señora Prepósita del Colegio gritaba acongojada, pero nada pudo hacer ante mi firmeza y ante la serenidad de doña Leona, quien la abrazó fuertemente, aún agradeciéndole sus atenciones. Inclusive se despidió también de algunas colegialas quienes la habían rodeado de cariño. Poco más de un mes duró el cautiverio de la señora Vicario. Y ése fue, señores, el que se conoce ahora, al paso de los años, como el "heróico" rescate de doña Leona Vicario.

¿El señor General concede el permiso a esta Audiencia para hacer una pregunta?

Permiso concedido.

Se agradece. Es sabido que las garitas de la ciudad, al darse la alarma de la huída... del rescate de doña Leona, fueron cerradas. ¿En dónde se escondieron?

En el único lugar en el que no sería buscada doña Leona: en casa de don Agustín Pomposo Fernández. Aunque eso nunca lo supo nadie. Pero no sólo se dio la alarma por la fuga, sino que se hicieron múltiples arrestos por una supuesta complicidad. Incluso la señora Prepósita fue sospechosa de estar coludida con nosotros pero, ya lo he dicho, fue una acción planeada de manera previa y en otro lugar, así que ninguno de los detenidos fue sujeto a juicio ni recibió castigo alguno. Doña Leona, por su parte, permaneció algunos días en casa de don Agustín Pomposo hasta que pudimos salir de la ciudad, y ello...

La Audiencia suplica, implora el perdón del señor General por interrumpirlo una vez más, pero tiene la necesidad de preguntar cómo es que doña Leona pudo pasar dos días en casa de su señor tío sin que éste se enterase.

Parece ser que el pobre hombre sufría, en esos momentos, una especie de locura temporal, un delirio alucinante por el dolor del hijo muerto. Parecía, dicen quienes lo vieron, como ido de este mundo, como espirituado… Seguramente no se enteraba de nada, ya no digamos de la presencia de doña Leona, cobijada, por otra parte, en los dormitorios de los criados. ¿Puedo continuar?

La Audiencia así lo agradecería.

Decía entonces que pudimos salir de la ciudad sólo después de cumplir con las tareas encargadas a un servidor por doña Leona, siendo la primera, conseguir una imprenta, misma que fue hábilmente escondida entre cueros de pulque y huacales de legumbres. Y fue la segunda tarea la de conseguir para doña Leona ropas de criada y los ingredientes necesarios para que ésta se pintara de negra.

Y ése fue su famoso escape, disfrazada de negra… La Audiencia suplica al General que continúe.

Doña Leona quemó y luego pulverizó unas semillas de mamey, las revolvió con aceite en un guaje y con eso se pintó. Cuando la vi le dije, con todo respeto: "Doña Leona, se ve usted horrible". ¡Ella se carcajeó de mi imprudencia! Y me dijo, con esa determinación que tan sólo he conocido en muy pocas personas: "Aunque parezca yo una furia del infierno, Coronel, todo por nuestra Libertad". Y no sólo doña Leona habría de disfrazarse, por supuesto. También nosotros lo hicimos. Nos vestimos de arrieros y nuestros hermosos caballos fueron cambiados por un hatajo de burros. Y así cruzamos la garita. Llevando tinta, en lugar de pulque y tipos de imprenta guardados en huacales. Les dimos algunas monedas a unos indios para que nos acompañaran y así fuese aún menos notoria nuestra salida. Y a partir de ahí, desde las afueras de la ciudad, nació la leyenda de Leona Vicario, de la que me siento orgulloso por haber sido partícipe.

Después de largas jornadas llegamos hasta Oaxaca, que acababa de ser tomada por el señor General Morelos, quien había ya partido hacia la costa. Debo confesar que la única ocasión en que he envidiado a un hombre ha sido aquella, cuando miré al señor Quintana Roo recibir entre sus brazos, en esa caballeriza, a la mujer amada.

El Gobierno Militar de la provincia de Oaxaca le otorgó a doña Leona la cantidad de quinientos pesos por sus servicios, así como la promesa de recibir una cantidad igual cada mes. Ignoro si esto pudo cumplirse aunque, conociendo el fatal desenlace del General Morelos, lo dudo. Éste le escribió una hermosa carta a doña Leona quien, en el momento de leerla, lloró como una niña. El General Morelos le anunciaba que "ahora se encontraba libre y protegida por las alas del águila mexicana".

Jamás habré de olvidar la determinación de doña Leona Vicario, señores. Es una pena, también dicho con todo respeto, que hubiese nacido mujer. ¡Qué gran militar habría sido doña Leona!

La Audiencia agradece el... parte del General Alconedo y le desea parabienes.

≈

SE ACERCAN A ESTA MESA LAS SEÑORAS DOÑA MARIANA CAMILA GANANCIA Y DOÑA ANTONIA PEÑA, ILUSTRES DAMAS DE NUESTRA SOCIEDAD Y AMIGAS QUE FUERON, EN VIDA, DE LA SEÑORA VICARIO. LAS DICHAS SEÑORAS HAN PEDIDO DECLARAR EN COMPAÑÍA.

Agradecemos a los señores el que nos permitan ofrecer nuestra declaración en compañía. El dolor por la pérdida de doña Leona ha mermado nuestro ánimo y requerimos del mutuo apoyo. Mi nombre es doña Antonia Peña Viuda de Díaz y la señora que me acompaña es doña Mariana Camila Ganancia, y ambas estamos aquí para declarar y dar nuestro voto sobre el asunto que concierne a nuestra bien amada Leona.

La Audiencia presupone que, dada la amistad y el cariño que unió a las declarantes con la señora Vicario, su voto será a favor de la causa, por lo que, con todo respeto, y vista ya la gran concurrencia de declarantes, sugiere tomar el voto y dar por terminada la declaración.

—¡Y a usted quién le ha dicho que yo vengo a declarar a favor!

—¡Mariana, por Dios!

—No, Antonia, perdóname, pero si estos caballeros han puesto aquí una mesa de declaraciones, que nos escuchen.

Por lo tanto, les repito la pregunta, ¿a ustedes quién les ha dicho que yo vengo a declarar a favor?

La Audiencia ha dado por sentado que...

—La Audiencia no tiene por qué dar por sentado nada, mientras que yo no dé mi testimonio.

—Les suplico que perdonen a la señora Ganancia. Se encuentra alterada por...

—Yo no estoy alterada por nada, Antonia. Yo he querido venir ante ustedes, señores, para decir que, si bien Leona Vicario, mi amiga muy querida, realizó grandes esfuerzos durante la revolución que logró la Independencia de nuestra patria, no era, necesariamente, un dechado de virtudes.

—¡Mariana...!

Se le pide a la señora Ganancia que aclare su dicho.

—Verán ustedes. Leona, tengo que decirlo, Antonia, fue tocada por la mano de la soberbia.

—¡Y tú, Mariana, por la de la mezquindad! ¿Te parece correcto decir eso de nuestra pobre Leona cuando ni siquiera se han celebrado sus funerales?

—Ésta es tal vez la única oportunidad que tengo, Antonia, ilustres señores, de presentar mis actos, nuestros actos, para la posteridad. Leona, por lo que veo, se ha ganado ya ese lugar. Nosotras, en cambio, habremos de ser olvidadas...

—Mariana, el día de hoy quien importa es Leona, no nosotras. Y si lo que pretendes es declarar y dar a conocer tus actos para que estos sean recordados, estás pecando exactamente de lo mismo de lo que acusas a Leona. ¿Por qué no declaras, de una vez por todas, cuál es el motivo de tu molestia?

—Tienes razón, Antonia. Pido una disculpa a los caballeros. No he pretendido ser soberbia, pero no estoy dispuesta a que Leona sea la única de nosotras que recoja las palmas de la gloria. Y no hablo de nosotras, Antonia. ¿Quién se acuerda ya de Mariana Lazarín? ¿Quién se acuerda de ella? ¿Quién se acuerda de que pasó más de diez años encerrada en los calabozos de la Inquisición y salió, una vez consumada la Independencia, enferma de tuberculosis, tan sólo para morir en su empobrecido lecho? ¿Y por qué corrió Mariana con tan triste suerte? Porque tuvo los arrestos de planear, nada menos, el secuestro del virrey Venegas. Ella, junto con su marido, don Manuel Rodríguez del Toro, quien sufrió el mismo castigo en la Inquisición, no sólo convocaba a las reuniones secretas de los conspiradores, sino también se dio a la peligrosa tarea de comprar y convencer las voluntades de numerosos miembros de la guardia del virrey. Y se sorprenderían ustedes, señores, de saber la gran cantidad de miembros de dicha guardia que estaban dispuestos a realizar tal acción.

—Lamentablemente, el complot fue descubierto por culpa de un cura chismoso, quien traicionó el secreto de confesión.

—¡Pero claro que traicionó el secreto de confesión! ¿Y quién guarda un secreto en esta ciudad? ¡México es una casa de vecindad, señores! Un secreto en la boca de los mexicanos es como un grano de emético en el estómago: hay que arrojarlo de inmediato para no reventar.

—¡Mariana!

—Y fue Mariana Lazarín, no su esposo ni ninguno de los otros hombres reunidos en la confabulación, quien llamó a ejecutar el plan de manera adelantada; tan adelantada como arriesgada. Ante el terror que se apoderó de sus compañeros, Mariana sólo pudo gritar: "¡¿Acaso ya no hay hombres en América?!" Y fue tal vez ese grito su sentencia de muerte, porque a eso fue sentenciada, Antonia, no lo podemos negar. ¿Quién habrá de resistir más de diez años el encierro en esos insalubres, gélidos y pestilentes calabozos? ¿Y Leona Vicario la visitó en su prisión? No. Ella era una heroína. Si Mariana Lazarín logró sobrevivir al encierro, fue gracias a la piedad y a la valentía de doña Petra Teruel, esposa del conde de Santiago quien, por medio de sobornos al clero y a los celadores, hacía llegar a Mariana y a su esposo alimentos y medicinas para ayudarlos en su calvario. Y ya que menciono a doña Petra Teruel, yo pregunto, ¿quién va a hablar de ella? Porque, señores, si doña Leona financió con su herencia a los Insurgentes, doña Petra hizo lo mismo y más. Y esto lo digo, no por soberbia, sino por el gran desencanto que me produjeron las palabras de Leona que se publicaron en uno de nuestros periódicos, en el sentido de que ella había sido la única mujer de su condición social que se había lanzado a la batalla. Y traigo aquí el dicho artículo, como muestra.

La señora Ganancia saca el recorte de un periódico en el que esta Audiencia reconoce la carta que publicó doña Leona Vicario como respuesta a don Lucas Alamán, en el diario El Federalista, con fecha de 2 de abril de 1831.

Vean ustedes, señores, lo que doña Leona escribió en este párrafo: "Aseguro a Usted, señor Alamán, que me es sumamente sensible que un paisano mío, como lo es Usted, se empeñe en que aparezca manchada la reputación de una compatriota suya, que fue la única mexicana acomodada que tomó una parte activa en la emancipación de la patria…". ¿¡Lo ven ustedes, señorías!? A eso, Antonia, es a lo que yo he llamado soberbia. Leona, aprovechándose de la palestra pública que se había ganado por méritos propios, sí, pero también, no podemos negarlo, por la alta influencia política de don Andrés, su esposo, saca partido y se declara como la única mujer acomodada que luchó por nuestra Independencia. Eso, caballeros, o es soberbia o es muy mala memoria, y de lo segundo no adolecía Leona. ¿Por qué no cuentas tú, Antonia, para que no se juzgue que soy mezquina, de cuando sacamos de esta ciudad, burlando todas las garitas y todos los retenes que nos encontramos, aquella imprenta junto con el señor Rebelo? ¿Te acuerdas…?

La Audiencia no entiende el por qué de tales risotadas y les pide a las damas que se morigeren y declaren lo de la tal imprenta, pues es sabido que fue doña Leona Vicario quien sacó, de contrabando, una pequeña imprenta cuando huyó, disfrazada de negra, hacia Oaxaca.

—Por eso digo, Antonia, que cuentes lo de nuestra imprenta, para que los señores sepan que no sólo Leona puso en peligro su vida y su libertad.

—Jamás me olvidaré del asunto de esa imprenta, Mariana. Les suplico, señores, que no tomen a mal nuestras risas, sino todo lo contrario. Éstas vienen del recuerdo de aquella aventura que por más veces que la contemos, nadie habrá de creerla. Sucedió en el año de 1812, cuando el General Morelos, junto con don Ignacio López Rayón, había tomado la conducción de la revuelta, a la muerte de don Miguel Hidalgo. Vienen a mi mente el nombre del ilustre Doctor José María Cos y sí, naturalmente, de don Andrés Quintana Roo, entonces todavía enamorado de Leona, no su marido. El General Morelos requería con toda urgencia de una imprenta para dar a conocer, no sólo sus decretos libertarios de lo que, en aquel tiempo, se llamaba América Septentrional, sino para tener un medio de publicación periódica que informara a los seguidores de la revolución acerca de los avances de la misma.

—Les recuerdo, señores, que *La Pepa*...

—¡Mariana!

—Así le decíamos a la Constitución de Cádiz, Antonia, te lo recuerdo, pues se juró un día de San José. Les recuerdo, decía, que *La Pepa* otorgaba libertad de imprenta y al infausto virrey Venegas no le quedó más remedio que jurar también aquí esa Constitución... ¡Já! Libertad de imprenta... Perdonen el sarcasmo, pero era una "libertad" bastante maniatada. Se estipulaba, sí, que todos los americanos éramos libres para escribir, imprimir y publicar, de cuantos modos se pudiera, nuestras ideas...

—Cosa que nosotras nos tomamos al pie de la letra.

—Es feo que interrumpas, Antonia... Sí, se podía publicar, pero sin "abusar de la libertad". ¿¡Y qué es abusar de la libertad, señores!? ¿¡Cómo se puede abusar de algo que es infinito!?

—Serénate, mujer, y mejor haz lo que tan bien hacía el señor Fernández de Lizardi. ¿Te acuerdas cómo nos reímos con su obrita esa? Miren ustedes, señores, actuaban un payo y un sacristán y el sacristán decía...

La Audiencia agradece el interés por... pero...

—El sacristán decía, engolando la voz: "¡Para que no se abuse de la libertad de prensa se evitarán, en las publicaciones, calificativos tales como subversivo, sedicioso y alarmante!" ¿Y qué contestaba el payo, Mariana? ¡Dilo, anda, que tú lo haces muy bien!

—Pues el payo contestaba con voz gangosa y harto cómica: "¡Pero todos los impresos serán considerados subversivos, sediciosos y alarmantes, de tal suerte que no quede duda de la mala intención del autor!"

La Audiencia agradece el buen humor y el talento histriónico de las damas, pero considera impropias las carcajadas de los señores oficiales.

—En fin, que Venegas votó la tal Constitución diciendo que era "un libro hecho en el Cielo" y la eliminó después, diciendo que era "un folleto infernal".

—¡Pero, claro! ¿Y cuándo se iba él a imaginar que el señor General Morelos se haría de una imprenta?

—Y en ese concierto, señores, nosotras llevamos la voz cantante.

—Y no doña Leona...

—¡Mariana! La historia de aquella imprenta fue la siguiente: un grupo de distinguidas señoras, entre las que destacaba doña Petra Teruel, así como unas servidoras, compramos en secreto una imprenta de tipos móviles, novísima en nuestra patria en aquel entonces. Echamos mano de nuestros pequeños secretos, por llamarlos de alguna manera, y contactamos al ilustre impresor don José Rebelo, simpatizante de nuestra causa.

La Audiencia pregunta a las declarantes si los "pequeños secretos" a los que se refieren pudieran ser sus ligas con la orden de los Guadalupes.

—Naturalmente.

—Y es precisamente, sus señorías, la existencia de la orden secreta de los Guadalupes la principal refutación al dicho ya señalado de doña Leona, en el sentido de ser la única mujer acomodada que luchó por la Independencia. En la orden de los Guadalupes, y doña Antonia aquí presente no me dejará mentir, confluía lo más granado de la sociedad, en aquel entonces, novohispana. Y no sólo nos reuníamos ahí los criollos, sino también muchos españoles e inclusive miembros de la nobleza que anhelaban, al igual que nosotros, el derecho de autogobernarse, como el conde de la Valenciana, el marqués de Guardiola, el señor don Pedro Romero de Terreros o el señor Fagoaga. Por no hablar de nuestra infortunada Mariana Lazarín.

La Audiencia comprende el sentimiento de la señora doña Mariana Ganancia pero quiere suponer que el dicho de la señora Vicario se refería, no a la lucha por la Independencia, en general, sino a la lucha en el campo de batalla.

—Tal vez, pero la política se hace en las ciudades y las revoluciones se luchan en provincias: ni una ni otra son más importantes y sí, ambas también muy peligrosas. Es un error, señores, tan notable como constante, el considerar que la ciudad de México era una pacífica isla en medio del mar agitado de la revolución. Aquí en la ciudad vivíamos también tormentas, aunque de manera callada pues los Guadalupes, perteneciendo en mayor o menor medida al orden colonial establecido, no podíamos plantar de cara al gobierno una ruptura abierta. Todo debía ser más callado y de manera soterrada.

—Y por ello los radicales, los extremistas nos llamaban "hojalateros".

—O "los equilibristas", ¿te acuerdas?

—Naturalmente que me acuerdo. Pero así son los radicales: fanáticos y atrabancados. Los que ya estaban dando de plomazos se desesperaban ante nuestro sigilo y prudencia.

—Pero era nuestra prudencia, como la misma Leona lo demostró en su comparecencia ante la Inquisición, lo que les salvó la vida a muchos de ellos, Antonia.

—Naturalmente, Mariana. Y por eso, señores, nosotros mismos, como Guadalupes, teníamos que ocultar el ya de por sí secreto nombre bajo otros seudónimos: "Serpentones", "Onofres", "Números 12"…

—¿Y por qué piensan ustedes, sus señorías, que debíamos guardar tanto secreto y sigilo? ¡Por el peligro que nuestras acciones encarnaban! Porque para el infame de Calleja y otros jefes realistas, poco importaba la clase y la posición social. Y si esto no hubiera sido así, y argumentando siempre a mi querida Leona, ¿dónde queda entonces, en esta historia, doña Gertrudis Bocanegra, quien murió fusilada? ¿Y dónde queda doña Carmen Camacho, también fusilada por Calleja y su cadáver expuesto en la plaza pública como escarmiento? ¿Y dónde habrá de quedar doña Antonia Nava quien, al ver muerto a un hijo suyo, combatiente de Morelos, llegó hasta éste, no para llorar su pérdida, sino para ofrecerle la vida de sus otros cuatro hijos?

—La historia, señores, es una mezcla de astucia y buen gusto. Me explico. El querido don José Rebelo, que de la Gloria del Señor goce, arriesgando, como todos, su fortuna y posición, transportó la dicha imprenta a uno de sus talleres y ahí, a mitad de la noche, iluminado tan sólo por una vela de cebo, fue desarmando pacientemente, pieza por pieza, la imprenta. ¡Pobre hombre! Ahí, solo, con su mandil de cuero completamente manchado de tinta, atento al más leve rumor, a alguna voz lejana, temiendo siempre ser descubierto. En esta aventura nos acompañó nuestra querida amiga, doña Luisa de Orellana, que en paz descanse. Pues una vez que el señor Rebelo nos notificó que la imprenta se encontraba completamente desarmada, doña Luisa, doña Mariana y una servidora nos aprestamos, de manera subrepticia, en el taller de don José. Y ahí se conjuntaron lo que he llamado astucia y buen gusto. ¡Decidimos coser la imprenta entera a nuestros propios vestidos!

La Audiencia no comprende a qué se refiere doña Antonia Peña ni comprende tampoco en dónde entra aquí el "buen gusto".

—En cuanto a lo primero, señores, no puede ser más claro. Cosimos pieza por pieza de la imprenta en nuestros propios vestidos. Cambiamos las plomadas de nuestros miriñaques y faldones por tipos y tornillos, agregamos a nuestros sombreros las varillas de metal y otras piezas y cambiamos nuestros polisones por pesadas bolsas de tuercas y resortes. Y las placas de impresión, ¡tan frías!, se convirtieron en rígidos corseletes alrededor de nuestro cuerpo...

—¡Pobre de don Pepe! ¡Las que habrá pasado para aguantarse las ganas de echar una miradita!

—¡Pobre! ¡Tan decente! Pero bueno, aquí entra el buen gusto, señores, porque díganme ustedes si una campesina, una mujer del pueblo, sabría no sólo llevar con garbo y gracia esos vestidos sin delatarse al primer paso, sino también conocer de la moda imperial francesa que nos inundaba en ese entonces. Sólo una dama de alcurnia tendría conocimiento, por un lado, de la moda impuesta en Francia por la emperatriz Josefina, así como de las novísimas creaciones de la moda inglesa.

—Todavía recuerdo, señores, nuestra estrafalaria imagen que nos hacía parecer a aquellos graciosos autómatas que llegaban hace muchos años desde China y que tanto arraigo tuvieron después en Italia y Francia. ¡Cómo pesaban esos vestidos! ¿Recuerdas, Mariana, el ruido que hacían al caminar?

—¡Cómo no recordarlo! ¡Parecía que llevábamos colgados cientos de cascabeles y cencerros que anunciaban nuestro paso a través del vulgo estupefacto que miraba con sorpresa nuestros vestidos! Por eso he dicho, señores, que sólo una dama de nuestra alcurnia, podía haber pasado desapercibida. Cualquier otra habría caído con un simple tropezón al suelo, dejando ver la secreta carga.

—Y no sólo la secreta carga...

La Audiencia llama al decoro a la señora Peña.

—Al decoro deberían de llamar a doña Mariana quien, con una ligereza moral escandalosa, intentó seducir al joven teniente que detuvo el paso de nuestro cabriolé en aquella garita.

—Tú lo llamarás ligereza moral, Antonia, pero ese teniente era sumamente atractivo.

—¡Mariana, por Dios, que podría ser tu nieto!

—¡Mi nieto ahora, Antonia! En caso de que él no hubiese envejecido también... al igual que tú. Pero eso ocurrió hace treinta años, señores. Y hace treinta años ni yo era una matrona, ni aquel joven, fornido y apuesto oficial era un viejo cincuentón como lo debe ser ahora, en caso de que viva aún.

—Sea como sea, Mariana, no tenías por qué mostrarle así el escote, zarandeando tu cuerpo, cascabeleando tu impudicia, para explicarle lo que según tú, era la nueva moda europea.

—Señores míos, lo que mi querida amiga llama "cascabelear mi impudicia", nos salvó la vida, pues aquel oficial, aquel apuesto oficial, se mostraba más que decidido no sólo a pedirnos que descendiéramos del coche sino tal vez, inclusive, a revisarnos a nosotras mismas...

—Lo cual te habría fascinado, pero lo que en realidad nos salvó la vida, señores, no fue la conducta babilónica de mi querida amiga, sino el hecho de que yo sacara a relucir el nombre de mi difunto esposo, el muy honorable Doctor don Manuel Díaz, y decir también que éste nos esperaba allá, en nuestra casa de campo de Tizapán, y que temíamos por nuestra seguridad al acercarse el anochecer. Sólo así aquel oficial, que no era tan guapo como dices, Mariana, nos permitió continuar nuestro camino.

La Audiencia no se explica, de cualquier manera, cómo llegó dicha imprenta a manos del Doctor Cos ni del General Morelos.

—Muy sencillo, señores. Una vez que llegamos a mi casa de campo en Tizapán, mis queridas amigas y yo nos dimos a la tarea de descoser de nuestros vestidos pieza por pieza, cual Penélope lo hiciera con su tejido diario por las noches.

—Lo cual fue una pena, porque he de decirles que, a pesar de lo incómodo que pudiera resultar un vestido que pesara por lo menos veinte kilos, el resultado estético no era de ninguna manera desagradable.

—Allá tú y tus gustos, Mariana, pero lo que les interesa saber a los señores es cómo llegó la imprenta a su destino. Verán. De las faldas, las crinolinas y los polisones, de los sombreros, los corpiños y las espalderas, aquellas piezas de la imprenta pasaron al interior de melones, sandías y aguacates que fueron propiamente colocados en decenas de huacales, mientras que el buen señor Rebelo era vestido de paisano, con lo que tanto él como su carga parecían un inocente mercadeo de frutas con destino a Sultepec. ¡Pobre don José! Quince días le tomó llegar hasta su destino en donde entregó la feliz carga. Y fue con esa imprenta, señores, con la que el General Morelos dio a conocer su valioso periódico *El Ilustrador Nacional*.

—¡Y todo eso, señores, bajo las narices del infame de Calleja! Y así fueron impresos los escritos de don Andrés Quintana Roo, del Doctor Cos, del señor Bustamante y del mismo Morelos, gracias, y perdonen la inmodestia, a estas tres sus servidoras... anónimas, según quiere doña Leona. Estos escritos, por cierto, fueron los que llevaron a decir a Félix María Calleja que mientras no se callaran los cañones de los guajolotes, no callarían los cañones de Morelos...

¿Los cañones de los guajolotes?

Se refería a las plumas con las que escribían dichos señores, y que eran de guajolote, se entiende.

La Audiencia pregunta a las señoras Peña y Ganancia si dan por terminado su testimonio y desean declarar su voto.

—Damos por terminado el testimonio y nuestro voto es
a favor, ¿no es así, Mariana?

—Naturalmente que es a favor, Antonia. Pero, señores, si
hemos querido contar nuestra sencilla historia, no ha sido por
opacar a doña Leona. Mi amada Leona es grande, siempre lo
fue, grande en espíritu, en intelecto, en generosidad. Pero les
pido, señores, les pido en este momento en el que comienzan
a acomodarse los lugares de la Historia, en que se adjudican
las glorias o los baldones, en que surgen los héroes y los villa-
nos, les pido a sus señorías que no se olviden de tantos seres
que dieron, no sólo fortuna y lustre intelectual a la contienda,
sino también la vida. Si en otras épocas y naciones la actuación
de las mujeres en asuntos de trascendencia ha sido y es respe-
tado, valorado, ¿por qué no lo ha de ser en esta patria nuestra?
¿Por qué insisten, señores, en relegar a sus mujeres a un lugar
de sombras y de olvido, sin importar los sacrificios, las congojas, ni las brillantes luces que han aportado? Un hombre, por
el hecho de ser hombre, pasará a la Historia tan sólo por un
mínimo acto de heroísmo. Tiene que ser, como fue la de doña
Leona, una labor titánica, una de toda la vida para ser recono-
cida. ¡Tiene una mujer que igualar los trabajos de Hércules!
No estoy aquí por poner en una balanza a los hombres y a las

mujeres, que no es mi interés ni me parece correcto, pero el trabajo de cualquiera de las que ya he mencionado supera en mucho a la inocente valentía del famoso "Niño artillero"; a la arriesgada inconsciencia del llamado "Pípila", si es que hubo tal; a la valiente, sí, pero fugaz tarea de don Pedro Moreno, y éstos no son solamente héroes, sino que se han ganado ya un nicho sagrado en el imaginario del pueblo, sin necesidad de audiencias, cabildos, mesas de declaraciones ni recepción de testimonios. Y esto, señores, es a todas luces injusto, y debe ser la misión de ustedes subsanar tan grave falta.

La Audiencia toma nota. Su petición queda pues, archivada.

HABLA LA SEÑORA RITA REYNA, COCINERA DE LA FAMILIA FERNÁNDEZ DE SAN SALVADOR DESDE HACE MÁS DE TREINTA AÑOS.

A mí nunca me ha gustado eso de la insidia, ni andar por ahí de liosa. A mí eso nunca me ha gustado, les digo. Y por eso, la mera verdad, nunca me pareció lo que veía en esas casas, ni en la de don Agustín y, mucho menos, en la casa de la señorita Leona. Yo nomás veía, pero nunca dije nada porque no soy chismosa, ni metiche. A lo mejor por eso hasta me caía bien doña Isabel, la abuela. Ahí la que se las sabía de todas todas, era ella, doña Isabel Montiel, la mamá de don Agustín Pomposo, de don Fernando y de doña Camila, en paz descanse. ¡No, hombre! ¡A doña Isabel se le cuadraban todos, hasta el rector, y él más que nadie! Tenía a su mamacita en un altar y lo que ella dijera era la ley. Y cuando a ella no le caía bien alguien, nomás no había modo. Como el par de entenadas de su hija Camila, "las hijas del gachupín", como les decía a las niñas María Luisa y Brígida. ¡Nunca las soportó! Así que cuando su hija Camila se murió, doña Isabel se deshizo aluego de esas muchachas que no eran su sangre. Aunque claro que esto de la sangre no era algo que le importara mucho, porque Leona sí era su sangre y tampoco la soportaba pero, ¿saben por qué? Y esto se los digo de lo que yo me daba cuenta, porque no es que yo ande de marisabidilla; no la aguantaba porque era igualita a ella, o sea, en su carácter, pues. ¿A quién que grite le gusta que le griten? Pos a nadie, y la niña Leona no se dejaba de la abuela y nunca se llevaron, pues. En cambio, con las otras nietas, las hijas de don Agustín, la cosa era distinta. Porque ellas eran como que bien sumisas y obedientes. Yo creo que hasta miedo le tenían a la señora. ¿Pero Leona? Ya parece que se iba a dejar y doña Isabel, pos no iba a dar su brazo a torcer, ¿verdad? ¿Pos no hasta la desheredó cuando se fue de revoltosa? A ella y a su otro nieto, Manuelito, que ése sí me caía muy bien, pobrecito, tan guapito, tan jovencito… Pos que los deshereda. Ahí está el testamento. Hasta se adelantó la vieja… Bueno, perdón, doña Isabel. se me salió decirle así por la costumbre, no se crean los señores que soy una igualada. Pero les digo que hasta se adelantó, porque puso ái en su testamento que si alguno de sus nietos se moría por andar de insurgentes, todos sus bienes deberían de pasar a su pertenencia, ¿ustedes creen? Así que tuvieran una muerte física o civil, así mismito decía… ¿Qué? Ah, pues yo estaba ahí cuando se leyó el testamento, ya cuando se murió la vie… la señora. Por eso lo sé, no porque anduviera yo de chimiscolera, porque además

79

ni sé leer, oiga; pos cómo entonces iba yo a andar revisando documentos que no son de mi incumbencia. Pero el caso es que los desheredó la abuela. Y no sé cómo haya acabado el asunto porque, fíjense, el pobre de Manuelito, a quien yo sí quería mucho, por noble, por educado, por guapote… pos mi Manuelito sí se murió y yo dije, ¿y ora? ¿Pos a quién le toca su dinero? Yo digo que a su papá y no a la vieja… a la abuela, pues. Pero vayan ustedes a saber si don Agustín se atrevió siquiera a enfrentar a su madre porque les digo que la veneraba, la tenía en un altar y lo que ella dijera…

La Audiencia pide a la declarante que aclare su participación en la huída de la señora Vicario hacia Huisquilucan.

Miren, en primer lugar yo no participé en nada de eso, porque ya les dije que yo nunca he sido facinerosa. A mí me ordenaron que le llevara comida a la señorita Leona a la jamaica en San Juanico y nomás. Me lo pidió la criada, María de Soto Mayor, que esa sí, pa' que vean, siempre fue muy chismosa. Cuando llegué a San Juanico con la comida recién hecha y me dijeron que la niña Leona andaba de huídas, la María me quiso convencer de quedarme, pero yo le dije: "¡Sácate, qué…! ¿Qué voy a andar haciendo yo metida en estos líos de ricos?"

Se le pide a la señora Reyna que explique por qué consideraba la revuelta como "líos de ricos".

Ay, pos porque eso era, señores. Y yo se lo dije a la María: "¿Tú crees que algo bueno vas a sacar de todo esto? ¡'Tás loca! Éste es un pleito que se traen los ricos para ser más ricos nomás. Porque los criollos quieren gobernarse solos y por eso les estorban los gachupines, pero le decía yo a la María: "¿A poco crees, que a ti te va a tocar algo de todo esto? ¡Regrésate pa' México y quédate sin salir de la casa, que ahí tenemos techo y comida! ¡Deja a la loca ésta que se entienda sola!" Todo eso le decía yo a la María, pero siempre fue muy bruta y no entendía de razones. Y yo no entendía porque ella no veía lo que yo sí veía...

Que la declarante explique lo que sí veía.

Que doña Leona ya se entendía con el joven Andrés, que era pasante de abogado y trabajaba en el despacho de don Agustín. Tan feo, el pobre. Todo flaco, todo esmirriado, no como mi Manuelito, mi Manuel...

Se le pide a la...

Pero bueno, el caso es que don Andrés estaba ahí de favor, porque don Agustín Pomposo le llevaba sus asuntos de leyes a don Matías Quintana, el papá de don Andrés, que era un viejo muy rico, comerciante de Yucatán, con mucho dinero, si les digo... Y entonces, como favor con favor se paga, ahí vino a dar don Andrés a la casa de don Agustín, y pos a casa de doña Leona, porque vivían juntos. Y pos ahí nació todo. Yo nomás veía, que conste, porque ya les dije que nunca he sido metiche ni ando juzgando a la gente, pero bien que le dieron vuelo esos dos con sus coqueteos a espaldas del tío don Agustín. Se entendieron luego luego. Creo que hasta Guadalupes eran los dos y pos de ahí p'al real...

Primero una miradita, luego una cartita. Si don Andrés estaba trabajando en el despacho con don Agustín, llegaba doña Leona, que dizque para saludar al tío o para pedirle un favor o hacerle una consulta. Que si don Andrés estaba solo, pos lo mismo. Hasta que los agarraron...

¿Quién los "agarró"?, pregunta la Audiencia.

Pos el tío, don Agustín. Ah, pero eso sí, yo no tuve la culpa, ¿eh?, porque luego dicen que una es la insidiosa. Yo nomás le dije al viejo que la señorita Leona estaba sola con don Andrés y que creía que como que más o menos se estaban hablando de amores. Pero que conste que yo no aseguré nada. Ahora, que tuvieran la mala suerte de andarse besuqueando justito cuando el tío les abrió la puerta, pues ái sí que fue puritita casualidad. Malo para ellos, ¿pa' qué andan con impertinencias ajenas a una casa decente? Y no lo digo con tirria ni mala enjundia pero, pos, a cada quién lo suyo...

La Audiencia no entiende la sonrisa burlona de la declarante.

No, si no me burlo, nomás me acuerdo. Ya sé que le provoqué un problema a la niña, pero, pos yo dije: "Si yo no puedo, ¿por qué ella sí?"

La Audiencia...

¡Uy, cómo se puso don Agustín! Porque pa' colmo de males vino a resultar que el pobre tío, tan propio él, tan recto él, pero tan zonzo él, con perdón de ustedes, estaba rodeado de insurgentes, ¡y él ni en cuenta! ¡Pos resulta que hasta el tal don Matías Quintana, quesque un comerciante muy respetable, salió defensor de los indios yucatecos y estaba en contra de la esclavitud! Bueno, eso dicen. Pero el caso es que el viejo don Matías, que por cierto se murió también hace poquito, pos salió medio revolucionario, ¡y cuantimás el hijo! Y con Leona al lado, pos esa casa era un guirigay. Y por eso se llevaron a mi Manuelito a la bola… Y ya no regresó…

Se le pregunta a la declarante si conoce las circunstancias de la muerte de don Manuel Fernández de San Salvador, primo de la señora Vicario.

Ya les dije que no soy chismosa, ni metiche, ni ando jurgoneando donde no debo. Pero sí hay algo que hice y ahora vengo aquí a confesar, pa' ver si me hacen un favor que quiero a cambio de mi voto por doña Leona. Don Agustín siempre creyó que su hijo se murió nomás de un balazo, a la primera de cambios, pero yo sé que no fue así. Sí llegó una carta, pero yo me la guardé…

La Audiencia pregunta a Rita Reyna el por qué de este proceder y para qué le serviría dicha carta si ya ha declarado que no sabe leer.

Porque hice que me la leyeran y todavía hago que me la lean. ¿Y que por qué la guardé? Porque es el único recuerdo que tengo de Manuel, de mi Manuel…

La Audiencia pregunta si la declarante tuvo un romance con don Manuel Fernández de San Salvador.

¡No, señores! ¿Cómo se piensan ustedes algo así? Pero sí lo quise, lo quise con toda mi alma, aunque en secreto...

Tal vez, cuestiona la Audiencia, a esto se deba la declaración anterior que va en el sentido de que (se lee la transcripción) "si yo no puedo... ¿por qué ella sí?".

...

La Audiencia espera una respuesta.

Es rete feo querer sin siquiera poderle decir a nadie que se quiere. Y pos sí, a lo mejor yo le tenía celos a la niña Leona. ¡No por don Andrés! Líbreme el cielo de que me gustara él, tan chaparrito... No, yo creo que le tenía celos por todo lo que yo no era...

Y la declarante no era...

Blanca, rica, educada, la señorita de la casa. La niña Leona tenía libertad de amar a quien quisiera. Yo no. ¿Y don Andrés? Pos de tonto deja ir a la niña Leona, que, pa' qué más que la verdá, sí era preciosa, era una muñequita, ¡diecinueve añitos! Y los dos conversaban de cosas muy elevadas. O bueno, conversaban, que no es lo mismo que mover la boca y echar palabras, como hace una, nomás. Y cuando estaba enfrente la servidumbre, hasta en francés se hablaban para que no los entendiéramos. Pero si no había que entenderles nada. Porque el amor no se dice y mucho menos se entiende. El amor se siente y se ve y se desborda por los ojos, ¡y una huele a amor! Y el amor huele a fruta fresca, a eso olían esos dos, a manzanas. Y por eso le tenía envidia a la niña Leona. Porque yo también olía bien bonito. Pero vean mis manos, señores: ahora, además de lastimadas y feas están viejas. Quítenles ustedes lo viejas y siguen siendo las manos prietas de una criada, una criada que se enamoró del hijo del patrón...

La Audiencia suplica a la...

Aunque a lo mejor él también me quiso, porque también olía sabroso cuando yo lo atendía. El día que se fue con el señor Quintana a seguir a López Rayón, yo ya sabía lo que estaba haciendo y entonces lo esperé a escondidas tras la puerta de su cuarto y, así a escondidas y de repente, sorprendiéndolo, le di un beso... Un beso largo que él no rechazó. Yo me eché a correr y él no dijo nada. Esa noche oí que la niña Leona lloraba en su cuarto. Le toqué la puerta y entré. Le pregunté qué le pasaba, aunque no tenía que decírmelo. Ella mintió. Dijo que lloraba por su primo Manuel. Ni es cierto. Lloraba por su novio. Pero no le dije nada, porque yo también quería llorar. Y nos abrazamos para llorar juntas. "¿Y tú por qué lloras tanto?", me preguntó. "Por usté, mi niña, por usté". Ni era cierto, tampoco. Yo sí lloraba por Manuel. Pero, pos ya les digo. Queríamos llorar, aunque fuera con mentiras, y pos lloramos mucho tiempo. Cada una por su lado, pero abrazadas. Y sí sentí feo por haberle arrancado al tío para que la pescara en la biblioteca con su novio, porque ése mismo día don Andrés fue corrido de la casa y la niña Leona lloró mucho también. Si he sabido que así se sentía, pos ni le digo nada a don Agustín, aunque ya les aclaré que, en realidad, ni le dije nada...

¿Y qué pasó a la muerte de don Manuel?

Pos se me acabó el mundo. Nos avisaron que Manuel se había muerto y trajeron su cuerpo. Tan hermoso, tan joven... Y mientras todos gritaban y daban ayes en su casa, hasta la abuela doña Isabel, que creo que fue la única vez que la vi llorar... Llevaron una carta y... pos yo me la guardé, porque era mía, porque, además del beso que yo le robé, era lo único que se me iba a quedar de Manuel...

¿Cuál era el contenido de la carta?

Era un comunicado de guerra que decía que Manuelito había resistido largamente el asedio de los realistas; que había ayudado a salvar la vida de muchos insurgentes hasta que ya ni pudo salvar la suya. Y tal vez hice mal en ocultársela a su padre, don Agustín, pero como él renegaba tanto de los insurgentes, pensé que ya pa' qué le servía saber que su hijo no murió así nomás, que murió con valentía y que no lo veían como un civil o como un soldado cualquiera, desde que fue nombrado, por el mismito General Ramón López Rayón, alférez del ejército insurgente. Y muchas veces, ya luego, cuando don Agustín hablaba de su hijo como atolondrado y hablador, yo quería enseñarle esa carta, para que el viejo supiera del valor de mi Manuel pero, pos cómo, si yo ya me la había robado y ni modo de desdecirme. Y por eso les digo que muchas veces he pedido que me lean esa carta, tantas, que ya me la sé de memoria y, bueno, ustedes dirán que soy egoísta, pero esa carta es un consuelo nomás para mí solita, porque nomás yo conozco, en esa casa, del valor y de la importancia de mi Manuel. Y por eso, les digo, que vengo a pedirles un favor.

Bueno, pues yo quiero decirles… que si hacen Benemérita a doña Leona, hagan lo mismo con Manuelito. ¡Él se murió peleando! ¡Se murió combatiendo con sus insurgentes! ¿Por qué no ha de ser Benemérito él también! Así que les digo: sí voto por doña Leona, pero también por Manuelito. Ustedes dirán si me conceden esta merced. Tantos años de esperar… De esperar no sé qué, pero espero y a veces hasta me paro detrás de su puerta, como aquella noche en que lo sorprendí, y ái me quedo nomás, como si él fuera a entrar de repente, y espero, y a veces se me agita tanto la respiración y la memoria que hasta siento un vahído. Pero Manuelito no regresa, no entra a su cuarto y yo no lo puedo volver a besar, así de repente, y no puedo volver a olerlo y echarme a correr otra vez por las escaleras. Porque, además, ya estoy vieja y me duelen las corvas. Y bueno, pos, por eso me quedé a trabajar con los Fernández de San Salvador, tan sólo por su memoria, para cuidar al pobre viejo que ya se murió, para tener siempre la recámara de mi Manuelito como él la dejó cuando se fue, con sus colchas de lino y sus almohadones a los que les sigo poniendo sus ramitas de lavanda. Esperando, nomás, señores. Y ahora… y ahora les pido que hagan esto, no por mí, ni por doña Leona, sino por Manuel. ¿Me harán la caridad de nombrarlo Benemérito?

La Gracia del Señor me ilumina y por lo mismo no preciso de ningún otro aval. Ya he fungido, en otras ocasiones, como vocero del Cabildo Eclesiástico ante el General Santa Anna.

Se le concede la razón al declarante y se le pide que apreste sus declaraciones.

Que Dios me guíe. ¿Qué hemos hecho de estas tierras, señores? ¿En dónde ha quedado la palabra de Jesús? ¿En dónde la devoción a Su Santísima Madre? ¿La Iglesia habrá de seguir sufriendo los atropellos inmerecidos de los llamados liberales? ¿No basta con la humillación que se le ha infligido en la California? Por las recientes disposiciones gubernamentales, señorías, se le ha impedido a la Iglesia fundar el Obispado de las Californias, erigido por el Papa quien...

Esta Audiencia interrumpe respetuosamente al Doctor Moreno Jove aclarándole dos situaciones, siendo la primera que sus quejas no tienen nada que ver con los asuntos que aquí se tratan, y siendo la segunda recordarle al mismo lo dicho por nuestro Señor Presidente, en el sentido de que "antes de que la California sea católica debe ser, primero, un Departamento de la República".

¿Y los robos y atentados que se han perpetrado en la Catedral de Puebla? ¿No se han robado todos los ornatos de oro y plata para malbaratarlos y...?

Dichos objetos de valor, pertenecientes a los extintos jesuitas y no a la Iglesia Mexicana, han sido tomados en legítimo derecho, y no robados, para ser vendidos con el fin de acrecentar el mermado Tesoro Nacional. Se le pide al declarante que se ciña a los asuntos que aquí se tratan.

Me ciño, entonces, con tan sólo una palabra diabólica: francmasonería. La francmasonería, señores, es el mal que carcome a esta moribunda sociedad. Los masones, francmasones, liberales o como quieran llamarse, siguen tan sólo las directrices del demonio y buscan socavar a la Monarquía y a la Iglesia.

Se le recomienda al Doctor Moreno Jove que se preocupe tan sólo por la Iglesia, pues la Monarquía, en estas tierras, ya no existe.

Búrlense si quieren, ¡pero por eso vengo ante ustedes! ¡Por eso deseo imbuirlos del Espíritu del Padre! ¡Para ser el portador de sus Evangelios! ¡Para que no escuchéis la impía voz de Lucifer...!

Se le pide a un Oficial que desaloje al declarante.

¿¡Cómo nombrar Benemérita de la Patria a una cófrade satánica de los Illuminati de Bavaria!?

Se le pide al Oficial que libere al declarante y se le invita a éste a sentarse de nuevo.

Bien sabrán ustedes, señores, que el primer Presidente de esta República, el General Guadalupe Victoria, fue un gran y funesto promotor de la masonería en nuestras tierras benditas. No, no me respondan, y menos si intentan negarlo. Victoria organizó logias francmasonas por todo el país, principalmente la Escocesa y la Yorkina. Y no me negarán, señores, que son muchos, tal vez demasiados, los funcionarios de estos gobiernos que, de todos los niveles, son declaradamente masones. ¡El mismo señor Quintana Roo es un fiero yorkino! Y no sé si él también sea Illuminati, pero ahí está el General Santa Anna, siguiendo el precepto Illuminati del "despotismo de los superiores contra la incondicional y ciega obediencia de sus subordinados".

Se aclara que no estamos aquí para hablar ni del señor Presidente ni del señor Ministro Quintana, sino de la señora Vicario, a quien el declarante ha acusado de pertenecer a la secta de los Illuminati, dicho que tendrá que probar, dada la gravedad del mismo.

Lo probaré, lo probaré sin duda alguna, pero antes tendrán que escuchar mis alegatos.

Para eso ha sido convocada esta Audiencia, se le recuerda al declarante.

Fue Adam Weishaupt, nacido en Bavaria, quien fundó la orden de los Illuminati, hace poco más de sesenta años, aproximadamente, en el 1776. Curiosa fecha, ¿no es cierto? También sabrán sus señorías que el perverso Weishaupt, judío converso y jesuita, por cierto, uniose a una logia francmasónica, a la de Ingolstadt para ser precisos, ¡pero no para seguir los preceptos masónicos, sino para convertirlos en un asunto demoníaco! ¡Para ganarse la confianza de los masones e ir así reclutando adeptos para su propia y mefistofélica causa!

La Audiencia supone entonces que los "preceptos masónicos", al menos, no son demoníacos.

Demoníacos no, pero sí perversos…

Y la Audiencia supone entonces también que el declarante entiende que las logias masónicas en esta República son instituciones políticas, más que sectas religiosas, y que se reducen exclusivamente a la presencia pública de los conservadores en la Logia Escocesa y a los liberales en la Yorkina…

Sí, pero…

Y entiende el declarante que si personalidades tan importantes de nuestra vida política, aunque tan diferentes en sus criterios e ideologías, como lo son don Lucas Alamán o don Félix Zuloaga, conservadores, así como el mencionado Ministro Quintana o el Doctor José María Luis Mora, liberales, son masones y no Illuminati, muy lejos están de ser demoníacos.

¡Bueno, sí, pero es que no me dejan hablar ustedes, señores! Les he pedido tiempo para mis alegatos y ustedes, que no entienden de la paciencia de Job, me atacan y me insultan.

La Audiencia ofrece una disculpa al declarante.

Decía yo, señores... Por favor, hagan que se retire el Guardia... Gracias. Decía que Adam Weishaupt vio desplomarse sus sueños megalómanos y satánicos de convertirse, nada menos, que en el Emperador del Mundo, y tuvo que retirarse a una vida de enclaustramiento. ¡Pero no fue así, señores míos! ¡Los ardides del demonio son infinitos! Los Illuminati continuaron su obra...

El Licenciado Sánchez Rodríguez, miembro de este cabildo, nos confirma la noticia de que la secta de los Illuminati fue desmantelada por completo en el año de 1790.

Entonces, ¿me podrían decir, sus señorías, por qué razón el Presidente angloamericano John Adams declaró en Washington, ciudad capital, un estado de alerta en contra de un ataque Illuminati, en 1798? Y no se equivocaba, pues su propio sucesor, Thomas Jefferson, ¡defendía públicamente a Weishaupt, apenas en 1800! Los Illuminati, señores míos, no han desaparecido y mucho me temo que se hayan apostado en nuestra pobre nación.

Y la Audiencia supone que lo hicieron a través de doña Leona Vicario...

¿No fue Eva la perdedora del hombre? ¿No son las mujeres, débiles, enfermizas e histéricas el vehículo ideal para las obras del Maligno?

El Doctor Moreno Jove extrae de un cartapacio unos pliegos que anuncia como copias fieles del interrogatorio al que fuera sometida, por la Santa Inquisición, doña Leona Vicario en el año de 1813.

Miren, señores, miren y juzguen si no son verdad mis dichos. En esta parte del interrogatorio la juzgada, Leona Vicario, confiesa que, con el fin de intercambiar información con sus secuaces insurgentes, utilizaba nombres falsos para identificarse entre ellos y para, al mismo tiempo, ocultarlos de la Justicia...

Como en cualquier acción de guerra, supone esta Audiencia...

Pero ésta no era "cualquier acción de guerra", señores míos. Miren, ¡miren bien! Lean estos nombres cifrados: "Lavoisier", "Telémaco", "Delindor", y sobre todo éste, éste es la clave: ¡"Leinsenten"! Escuchen, señores, ¡les suplico que escuchen y que dejen de hacerle señas al guardia, puesto que no pienso ser desalojado hasta terminar mi exposición! Lavoisier fue un químico, un científico, por lo tanto, ateo, hijo de la Revolución en Francia. Telémaco fue hijo de Odiseo y Penélope y sabrá el Cielo qué rituales orgiásticos y dionisíacos represente, ¡tal vez hasta era un seguidor de los paganos ritos eléusicos! ¿Y Delindor? ¿¡Qué me dicen de Delindor!? ¡¡Es uno de los Ángeles caídos, nada menos!! ¡Delindor se desplomó desde los cielos junto con Molok, Ternator, Meraion, Keneph y, por supuesto, Lucifer! ¿Y Leinsenten?

¿Qué significa Leinsenten, pregunta la Audiencia?

Bueno, pues no sé, ¡pero es idioma germánico! ¡El mismo que hablaba el súcubo de Weishaupt! Y... ¡estoy por concluir, señores, hagan que se retire el guardia! ¡No me toque! El perverso Weishaupt, ¡también se comunicaba con sus secuaces mediante nombres extraños! Aquí está la lista, véanla ustedes. ¡Miren los nombres que utilizaba! ¡"Filón"! ¿Saben de quién se trata? ¡De Filón el Judío... judío! "Catón", llamado "El censor", no lo olviden. ¡Y "Diómedes"! ¡El "asesino de los Dioses"! ¿¡Pero es que no lo ven!? ¡La similitud declara, con firmeza apabullante, que la señora Vicario era una Iluminada! ¡Ella y su marido y todos sus fieles se han unido en un aquelarre que celebra, no sólo la desaparición de nuestra Santa Madre Iglesia, sino también del nombre de nuestra patria del mapa de las naciones!

La Audiencia ordena al guardia que...

¿¡Y qué me dicen de los escritos cifrados de la señora Vicario!?

La Audiencia ignora que...

¡Vean y juzguen si no tengo razón!

El declarante presenta una serie de documentos cifrados, tomados también de las declaraciones hechas por doña Leona Vicario a la Santa Inquisición.

¿Podrían ustedes entender tales signos espantables? Juzguen ustedes: Ẅ ẉ ꞥ Ӎ ᴠ ᴧ ᴠ̇ ᴧ̇ ᴠ… ¿Y qué decir de estos otros? Vean ustedes: ≇ ᴠ̇ ᴧ ⚹ ≇ ⚹ ≇ ᴠ̇ …

El Señor Licenciado Sánchez Rodríguez, después de revisar los documentos hace ver a esta Audiencia que algunos de los símbolos llevan escritos, en otro de los folios, sus correspondientes a nuestro abecedario: Ẅ = a ẉ = b Ӎ = c , y así de manera sucesiva. Esta Audiencia da por descartadas las tales pruebas y los argumentos del Sr. Doctor Moreno Jove y se le pide, de manera enfática, que se retire.

¡No me voy! ¡Usted no se me acerque, cancerbero del infierno! ¡Escúchenme, señores! ¡A estos descreídos no les ha bastado con el maldito Presidente James Monroe! ¡No les ha bastado con el "Destino Manifiesto" de los angloamericanos! ¡Suélteme… infeliz! ¡Ya nos arrebataron Oregón… y Tejas! ¡Y muy pronto, escúchenme, por obra de los Illuminati, muy pronto habremos perdido también la California! ¡Que me suelte, le digo…! ¡Y la Santa Madre Iglesia de México desaparecerá y estas tierras se hundirán en ríos de lava como lo hicieron Sodoma y Gomorra y sus mujeres serán convertidas en estatuas de sal! ¡Su "Benemérita" ha luchado por crear una República Democrática Universal! ¡Pero… aún estamos a tiempo de salvarnos! ¡¡Que no me empuje, torpe infeliz!! ¡Cuántas almas, Señor, cuántas almas se han perdido para Tu servicio en el maldito protestantismo, tan favorecido por todos estos masones de mierda! ¡Por todos estos hipócritas y por estas barraganas de Belcebú que persiguen y menoscaban a Tu Iglesia… pero la solicitan sin recato para celebrar sus fementidas bodas, meros contratos de compra-venta entre familias, o para celebrar con un *Te Deum* cualquier batallita del carajo...! ¡¡No me pegue!! ¡¡No me pegue...!! ¡¡Sálvanos, Señor...!! ¡¡Sálvanos...!!

La Audiencia, notando el mal ánimo en el que el dicho Doctor Moreno Jove ha dejado a todos los presentes, declara un receso de media hora. Se levanta temporalmente la sesión, a pesar de las quejas de aquellos que han esperado largo tiempo. Esta Audiencia considera necesario el dicho receso, además de que el Licenciado Rodríguez Sánchez hace notar que ningún miembro de la Audiencia ha comido.

SE REANUDA LA SESIÓN.

LLEGA DE NUEVO ANTE ESTA AUDIENCIA, ACERCÁNDOSE YA EL FINAL DE LA JORNADA, DON FERNANDO FERNÁNDEZ DE SAN SALVADOR, PARA CONCLUIR SU DECLARACIÓN Y ESCUCHAR LA LECTURA DE LA CARTA DE SU HERMANO, EL FINADO DON AGUSTÍN POMPOSO FERNÁNDEZ.
EL SEÑOR LICENCIADO RODRÍGUEZ SÁNCHEZ, MIEMBRO DE ESTA AUDIENCIA, ABRE EL SOBRE, EXTRAE LA CARTA Y LE DA LECTURA.

LECTURA DE LA CARTA QUE DIRIGIERA DON AGUSTÍN POMPOSO FERNÁNDEZ DE SAN SALVADOR A SU SOBRINA, DOÑA LEONA VICARIO.

"Hija mía, mi Leona muy querida: Te escribo esta carta estando en los umbrales de la muerte y la escribo, como siempre, con el amor que te he dispensado, no exento, es verdad, de tristezas, reclamos y agravios pasados. Me han dicho que estás enferma. No te preocupes. Sanarás, que para eso eres una Leona. Malo cuando a mí me dijeron, hace unas semanas, que mi corazón estaba ya debilitado. Un corazón habrá latido quizá millones de veces después de ochentaicinco años de vida. Es tiempo de que descanse. Es tiempo de que el reloj se detenga. Pero tú sanarás, Leona, tú sanarás porque eres joven, porque estás llena de amor y de ocupaciones intelectuales. Tú tienes un futuro. Yo, en cambio, sólo tengo pasado, un pasado que siempre me lleva hasta tu persona amada. No importa el camino que tomen mis recuerdos, todos terminan a tu lado. ¿Que fui rector de la Pontificia Universidad? La única satisfacción que esto me daba era el orgullo con el que me recibías en tu casa y me preguntabas acerca de todos los asuntos académicos y de todos los pormenores científicos que de Europa recibíamos. ¿Te acuerdas cuando visitó la Universidad el virrey Iturrigaray? Pobrecita, cómo lloraste por no poderme acompañar. Ya luego me hiciste que te contara cientos de veces cada palabra, cada gesto del virrey, de los decanos y de tu tío, el rector. ¿Que he sido uno de los abogados más distinguidos de estos suelos? ¡Era tan sólo en tu ganancia! Me esperabas ansiosa, en la biblioteca de mi casa, para que te volviera a hablar mil veces y otras mil veces más sobre el Derecho Romano, sobre los preceptos de Justiniano, de Teodosio y, aun en tu siempre imprudente pero ingenuo afán de conocimiento, me pedías que te explicara, ¡nada menos!, los nuevos preceptos jurídicos del infame Bonaparte y que te hablara, ¿por

qué no?, ¡del Código Napoleónico! ¿Que había yo comprobado que nuestra ilustre familia era descendiente directa del
gran Ixtlilxóchitl y, por lo tanto, de su hijo Nezahualcóyotl?
Sólo era un motivo para ti de interés, de alegría, de que te
repasara por enésima ocasión la *Monarquía Indiana,* de Fray
Juan de Torquemada, y los ensayos de Juan José Eguiara y
Eguren. Sí, mi Leona, procuro recordar tu cara siempre anhelante, siempre fascinada por el conocimiento. Pero también mis recuerdos me llevan a tu carita triste, la de una
adolescente desolada y perdida en su joven orfandad. Doy
gracias a Dios de que mi hermana Soledad, tu madre, me
haya, no encargado, sino más bien diría yo, regalado, la tutoría de tu persona. Haber sido tu tío fue un feliz designio de
Dios Nuestro Señor, pero haber fungido como tu tutor ha
sido uno de los grandes privilegios que he tenido en mi vida.
¿Cómo no agradecer el brillo de tu mirada? ¿Cómo no en-
sanchar el universo de tu espíritu y saciar tu sed de conocimientos, de estudio, tan rara, no sólo en una mujer, sino
además en una muchacha de tan corta edad? Y dime si yo,
un hombre de mi estado, no actué con una liberalidad insó-
lita y amorosa al permitir que mi sobrina y ahijada, una vez
que sus padres habían muerto y me encargaran su tutela,
dime si no fue un acto de osada libertad el permitirle a una
señorita de diecisiete años, ¡vivir en su propia casa! ¡Hacerse
responsable de su vida, de su educación, de sus actos, de su
honor, de su integridad! ¡Claro que yo me mantenía vigilan-
te! A eso me llevaba, no sólo el deber moral en mí deposita-
do, ni el amor por la memoria de mi hermana muerta, sino
el amor que yo sentía, el profundo amor que yo sentía por
esa muchacha, lenguaraz a veces, pero que brillaba con la
luz de la inteligencia, con la luz de la razón, que eras tú, mi

sobrina Leona. Fuiste, Leona, mi mayor orgullo, pero, ¡ay!, como Jano, tuviste dos caras en mi vida. ¡Cómo se ha reído de mí el mundo entero, Leona! De mis inútiles y pretenciosos logros: Rector en varias ocasiones de nuestra Pontificia Universidad, Abogado de la Real Audiencia y Decano del Colegio de Abogados. Cuánto han reído y cuánto seguirán riendo las gentes de estas tierras, aún después de muerto, cuando lean mis escritos sobre los *Desengaños a los Insurgentes*, mis *Consejos Cristianos* a los mismos y mi obrita *Las fazañas de Hidalgo, Quijote de nuevo cuño, facedor de tuertos*... Mejor no hubiera escrito tanta necedad. Unos me llamaron "bajo y chocarrero". Otros me habrán llamado sencillamente "estúpido". "¡El Doctor don Agustín Pomposo, el conspicuo defensor de Fernando VII, alberga bajo su techo la semilla de la insurgencia!". ¡Cómo se habrán reído todos de mí! Y cómo seguirán riéndose. ¡Cómo se ha reído el mundo de este viejo, desde hace más de veinte años! Por eso me he ocultado, por eso cerré los ojos, los oídos y hasta los postigos de mis ventanas al mundo. "¡El Doctor Fernández es padre y tío de dos rebeldes!" ¡Cómo no ver la cizaña que crecía en mi propia casa! ¡Qué ciego, qué estúpido fui al vanagloriarme de mis títulos, de mi fama, de mi inútil poder y no darme cuenta de que la sierpe de la sedición rondaba mi hogar! Te he mencionado ya la obrita sobre el *Quijote Hidalgo, facedor de tuertos*, ¿no es así? Te he dicho también que unos me llamaron "bajo y chocarrero". Tú en cambio me llamaste "monstruo". ¿Monstruo yo, Leona? ¡Claro que no debió haberte gustado esa obra y mucho menos el texto final! Aquí tengo una copia a mi lado y te escribo el último parlamento por el cual tú, mi Leona, me llamaste monstruo: "¡Qué justamente serían premiadas, y cuán dignas se harían del aprecio del mundo entero las mujeres de los insurgentes que imitaran a Pancha, no en la crueldad de la venganza, ¡sino en usar de sus mañitas para entregarlos en manos de la justicia! Ellos son reos de lesa majestad, divina y humana, y así es meritorio, lícito y honroso que las mujeres entreguen a sus maridos, los hermanos a los hermanos... Es también una obligación de conciencia, puesto que públicamente han sido ellos amonestados por el Tribunal Santo de la Fe, por el superior gobierno, por los ilustrísimos prelados y por otros varios conductos; y con todo, desprecian la benignidad y todo lo desprecian." Por esto me llamaste "monstruo". Por aconsejar que las mujeres entregaran a la justicia a sus maridos insurgentes y los hermanos a sus hermanos. Sí, tal vez sea yo un monstruo, pero este monstruo no te entregó a ti, Leona, no te entregué a la justicia como debí haberlo hecho cuando te escapaste a San Juanico y le pedí a mi hermano Fernando que fuera por ti. No te entregué cuando me enteré de que eras tú quien financiaba a aquellos armeros vizcaínos para que le construyeran cañones a tu Morelos. No te entregué cuando descubrí tus cartas secretas a los insurgentes, cuando me enteré que pertenecías a esa orden maligna de los Guadalupes, cuando te escapaste del Colegio de Belén de las Mochas y cuando decidiste huir con el ingrato de don Andrés Quintana, mi asistentillo, apenas un pasante de abogado. No te entregué y aún así me llamaste "monstruo". Y este monstruo tampoco te entregó a las autoridades cuando mataste a mi hijo Manuel. Su sangre, Leona, cae sobre tu frente y jamás la podrás lavar. Nunca, aunque ahora te llamen Heroína de la Patria. La muerte de mi hijo Manuel me hirió la carne cual delgada espina y esa espina me la has clavado tú. Sí, ya lo sé, han pasado muchos años, demasiados, y por eso, precisamente, la espina duele más. Ya se me ha encarnado. ¿Y cómo he de sacarme del alma la espina que representa aún la muerte de mi Manuel? ¡Te lo pedí, Leona! ¡Te lo supliqué! ¡Te lo ordené! "¡Deja en paz a mi hijo!", te dije, "¡Deja en paz a Manuel! Él tiene un futuro, es abogado, es sangre de mi sangre, ¡es mi único hijo varón! No lo perturbes, Leona, no lo engatuses con tus sueños libertarios ni lo envuelvas en palabras de francmasonerías ni de órdenes secretas. No le llenes la cabeza con ese nombre absurdo de América Septentrional. "La libertad, Leona", te lo dije cientos de veces, "la habrá de alcanzar cada individuo a través del estudio, el trabajo y la fuerza poderosa de sus convicciones cumplidas a cabalidad". Te dije mil veces que una nación era libre en la medida en que sus hombres lo eran, en la medida en que sus hombres y mujeres ejercían la libertad cotidiana de pensar, reflexionar y actuar según sus criterios y convicciones. Pero nada de esto te importó, Leona. Nunca, por lo visto, escuchaste a este "monstruo", y en tu sordera te convertiste en el monstruo de mi vida. Te convertiste en el instrumento que envió a mi Manuel a las fauces del horrible lestrigón que, al igual que éste devoraba a los compañeros de Odiseo, así también devoró a mi Manuel. ¡Tú lo sabías y no hiciste nada por detenerlo! ¡Tú sabías que Manuel, junto con el señor Quintana Roo, con quien ya te entendías, primero a mis espaldas y después a pesar de mi negativa, partirían para unirse con el General Ramón López Rayón! Ni una batalla de esa absurda guerra, de ese pavoroso lestrigón, pudo sobrevivir Manuel. Murió de inmediato, en el primer combate del Puente de Salvatierra. Una bala le cegó la vida. Una bala tan sólo. Cuando me lo regresaron, cuando me lo trajeron, parecía dormido. ¿Y tú me diste consuelo? ¿Y tú apoyaste mi mano mientras lloraba sobre el cadáver de mi hijo? No. Tú hablabas de la Patria y de los sacrificios que exigía la Libertad y soñabas con ser lo que eres ahora: ¡una heroína! Pero recuerda tan sólo, Leona, que los héroes de hoy son los tiranos o los mártires de mañana. Recuerda, Leona, la flaca memoria de tus "compañeros". Recuerda que ya fuiste nombrada, por el infausto Morelos, Benemérita de la Patria. Pero recuerda que la "patria" de Morelos, no era ni menos fantasiosa ni menos irreal que la Ínsula Barataria que alucinara don Alonso Quijano. Y esa "patria" inclusive te ofreció una remuneración económica mensual. ¿Cuántas mensualidades recibiste? Sólo una. ¿En dónde quedó tu título de Benemérita de la Patria? Se esfumó como se esfumó la Ínsula Barataria. Como se esfumó tu herencia de cien mil pesos oro que dilapidaste financiando la insurrección. Como se esfumó otro de tus nombramientos: ¡la Infanta de América te llamaron! ¿Te acuerdas? Pues también te pregunto: ¿dónde está ahora ese título? Y en tu honor, la ciudad de Saltillo fue nombrada "Ciudad Leona Vicario". ¿Quién la llama así ahora? ¿Qué torbellino, qué huracán minúsculo pasó por esa ciudad que lo único que pudo llevarse fue tu nombre? Porque ahí siguen sus edificios, sus iglesias, sus casas y sus habitantes. Sólo tu nombre fue borrado del mapa. Cuídate, Leona, de que no te vuelvan a borrar de ningún mapa. Cuídate, Leona, de no ser borrada de esta tierra como tú borraste a mi Manuel, como me borraste a mí, mi vida, mi carrera y como habrán de ser borrados todos y cada uno de los hechos del hombre. Todos habitamos nuestra Ínsula Barataria. Todo se evapora. Todo se desvanece. Todo, menos mi rencor. Todo, menos tu culpa. Que puedas vivir con ella es lo único que te deseo. Tu tío Agustín."

Una vez leída la carta del finado Agustín Pomposo Fernández, se le consulta al señor don Fernando Fernández de San Salvador si queda satisfecho y desea concluir o todavía desea él mismo hacer una declaración posterior. Se le notifica también que la Audiencia toma esta carta como un voto contrario a la causa de la señora Leona Vicario.

No esperaba otra cosa más de esta carta, sino que fuese considerada como un argumento en contra de Leona, y por lo mismo quisiera yo votar también aunque, en un principio, declaré ante sus señorías que no era mi intención hacerlo. Pero aquí está mi voto. Deben ustedes, señores, debe la nación mexicana considerar a doña Leona Vicario, mi sobrina muy amada, como Benemérita de la Patria y sí, también, como "dulcísima madre" de la misma. Ofrézcanle también Funerales de Estado. Sé muy bien que los he acusado a ustedes, ilustres señores, de fabuladores, de crear de la nada un *pantheon* para esta patria. Y creo que aún lo siguen haciendo. No me retracto de mis palabras. Pero al releer la carta de mi hermano caigo en cuenta de algo que se me había ocultado a la razón. Dicen que las cosas más sencillas son las que vemos con mayor dificultad. Y todo esto es muy sencillo. Mi hermano Agustín tomó su bando, apostó por él y perdió. Mi sobrina hizo lo mismo, pero ella apostó por el bando ganador. Y así se hace la historia, de ganadores y perdedores. Y aquellos que perdemos, porque sí, no voy a negar que me considero un perdedor, debemos aceptar el triunfo del oponente, y más cuando este triunfo va acompañado del honor. No valido la insurgencia, no valido a los nuevos héroes. Las tierras de Guanajuato están todavía tintas en sangre inocente derramada en las matanzas y degollinas que vuestro "Padre de la Patria" autorizó y ejecutó. En ello no encuentro honor alguno. También les he dicho que no soy historiador y no pretendo serlo, pero entiendo que el historiador ha de estudiar cada evento, cada personaje, cada idea por separado y no en conjunto. Y me queda claro que aquí estudiamos y analizamos a mi sobrina Leona y no la obra entera de sus cófrades. Leona Vicario no es solamente una Vicario, es también una Fernández de San Salvador, y en nuestra familia el honor y la congruencia con nuestras ideas nos ha regido siempre, aunque éstas nos enfrenten a padres con hijos, a hermanos con hermanos. Voto pues en favor de Leona Vicario. Las acusaciones de las que la hace objeto mi hermano Agustín, en el sentido de ser culpable de la muerte de Manuel, no tienen la menor base racional. Manuel no era un niño, ni era un idiota, ni fue engañado. Manuel, como lo haría un miembro de la familia Fernández de San Salvador, tomó su bandera, defendió sus ideas y luchó por ellas. Murió, es cierto, pero no murió en vano y Leona habrá llorado hasta el último de sus días la muerte de su primo bienamado. Y así es de sencillo, señores. Den a mi sobrina el nombramiento que más convenga a esta nueva patria, que los muertos, muertos están, y los viejos poco podemos hacer por evitar los cambios gigantescos que se generan en determinados momentos de la Historia. Muy mal hizo el rey Jorge III de Inglaterra al anotar en su diario, el día 4 de julio de 1776, que "nada relevante" había ocurrido ese día. El mismo error cometió Luis XVI de Francia. ¿Quién soy yo para hablar ahora de una revuelta, de una asonada? No, caballeros, tengo que aceptar y reconocer que lo que en estos suelos se vivió fue una Revolución, un movimiento telúrico que nació de nuestros volcanes y cimbró al Continente hasta los mismos Andes, en la Patagonia. La América toda se encuentra ahora llena de fabuladores, señorías. No están ustedes solos. Se derriban las viejas estatuas, se funden los antiguos bronces y surgen otros rostros, otros nombres, otros dioses. A Zeus lo suplantó Júpiter, como a Apolo lo hizo Febo y aún siguen vivos los escritos de los innobles franceses que dicen que el Cristo es un nuevo Febo… Aquí veremos caer y ser hechas polvo las estatuas de Felipe II, Carlos IV, Fernando VII y surgirán los nuevos dioses: Hidalgo, Allende, San Martín, Bolívar, Sucre, Artigas… El mundo, mi mundo, se trastocó de pies a cabeza, soliviantado por las fuerzas inexplicables de la Historia, y nunca volverá a ser el mismo. Nunca más. Nombren pues a su Benemérita y Madre de la Patria. Si es para bien o para mal, señores, debo confesar que poco me importa, pues esta Patria, que debería llamarla mía, cambió su rostro de manera tan radical, tan acelerada, que ya no la reconozco como mía. Es curioso… Ahora me doy cuenta de que soy un exiliado en mi propia Patria. Que Dios los acompañe, señores.

La Audiencia agradece la presencia del señor Don Fernando Fernández de San Salvador y, siendo las cinco de la tarde en punto, levanta la sesión dando por terminada, el día de hoy, la recepción de testimonios, a pesar de los desconsiderados reclamos de algunas personas que no han podido aportar sus declaraciones.

Se decide entonces que, al reanudarse mañana la sesión, se agregará una segunda mesa de testimonios, cosa que el día de hoy no se pudo lograr puesto que el oficial ayudante no acudió a trabajar por encontrarse enfermo. Los miembros designados de este H. Ayuntamiento firman de conformidad el acta presente.

SE LEVANTA LA SESIÓN.

Segunda jornada de testimonios
Día 23 de Agosto de 1842

Siendo las diez en punto de la mañana se reanuda la sesión de esta Audiencia para recibir los testimonios de los ciudadanos.

Haciendo uso de sus facultades, y una vez que el oficial ayudante ya se ha presentado a trabajar pues su malestar estomacal ha concluido, se han colocado, no dos, sino tres mesas de recepción, si bien la tercera mesa no se ha abierto aún pues ahora es el señor Auditor, don Gerónimo Ortiz Vega, quien no ha llegado a trabajar.

La Audiencia vislumbra una mayor participación de la ciudadanía, toda vez que desde ayer los diarios de esta capital, ya sean liberales o conservadores, han dado cuenta del fallecimiento de doña Leona Vicario.

Esta audiencia ha recibido algunos sobres que contienen cartas de muy diversos y notables ciudadanos quienes han decidido externar su opinión de manera escrita. Dichas cartas han sido ya abiertas y estudiadas y se consideran a favor de la causa promovida para doña Leona Vicario, una vez que se ha comprobado su carácter laudatorio. Algunas de estas cartas fueron enviadas por los señores Ministros de Relaciones y Gobernación, don José María Bocanegra, y de Hacienda, don Francisco García, así como por el señor Ministro de Guerra, don José María Tornel, y el de Instrucción Pública e Industria, don Crispiniano del Castillo. Más otras catorce cartas de ciudadanos varios que han preferido votar de esta manera.

Por considerar la Audiencia que la carta enviada por el Señor Licenciado Don Benito Juárez García, quien ha fungido como diputado por Oaxaca y como Magistrado de la Suprema Corte de Justicia, se puede prestar a diferentes interpretaciones, se le solicita al Licenciado Rodríguez Sánchez que dé lectura a la misma en voz alta. Dice la tal carta:

LECTURA DE LA CARTA ENVIADA POR EL LICENCIADO
BENITO JUÁREZ GARCÍA.

"Excelentísimos señores: Con profunda pena he recibido la noticia de la muerte de la Ilustre doña Leona Vicario de Quintana Roo y acompaño en su dolor, junto con mis paisanos oaxaqueños, a la Patria entera y, en particular, a la familia de la difunta. Doña Leona Vicario de Quintana Roo es la representación máxima del sacrificio y la pasión femenina en la defensa de la Patria. Mis pensamientos se dirigen hacia aquellas tertulias que generosamente ofrecía el matrimonio Quintana Roo Vicario, no sólo a un servidor, sino a todo el cuerpo de magistrados de justicia y diputados. Aún recuerdo la indignación, el dolor y la angustia de doña Leona Vicario, compartida por todos nosotros, ante el terrible asesinato del señor Presidente don Vicente Guerrero. Fuimos don Andrés Quintana Roo y yo, en aquel tiempo compañeros en la Suprema Magistratura, no los únicos, pero sí tal vez los más aguerridos promotores de la idea de homenajear al mandatario asesinado, al proponer la erección del Departamento de Guerrerotitlán, justo en las tierras meridionales de las costas del Pacífico, llamadas actualmente Departamento de Acapulco. Y fue doña Leona Vicario quien, con su ímpetu imperecedero, nos movía a seguir adelante en dicha propuesta que, por desgracia, y ante la llegada de un nuevo gobierno conservador, quedó en una mera intención. Pero llegarán los días, y éstos no habrán de ser lejanos, en que la Patria, agradecida, nombre diversos departamentos en honor a nuestros héroes que nos dieron Libertad. Al departamento de Guerrerotitlán habrán de sumarse los departamentos de Hidalgo, de Morelos y de Allende. Les resultará muy claro entonces que no solamente voto a favor de que doña Leona Vicario sea nombrada Benemérita y Dulcísima Madre de la Patria. No sólo, repito, estoy de acuerdo en ello, sino que, además, celebro tal moción. Sin embargo, y porque el Imperio de la Ley debe ser igual a todos, no debe tener doña Leona Vicario un Funeral de Estado, dado que no presidía ninguna de nuestras instituciones, secretarías o departamentos. Debe ofrecérsele entonces un funeral de Personaje Ilustre, amado y llorado por la Patria. En estos momentos de turbulencias políticas habremos de cuidar las formas y no caer en excesos de los cuales nos arrepintamos o, peor aún, nos avergoncemos después. Los ejemplos bastan y sobran y espero atento que nuestro bienamado Presidente, el General Santa Anna, sepa mirar siempre por la prudencia y la modestia en sus procederes. Mi esposa, doña Margarita Maza, y un servidor nos unimos a las plegarias por el descanso eterno de doña Leona Vicario de Quintana Roo y rogamos también por el bienestar de sus señorías. Licenciado Benito Juárez García (Rúbrica)."

⸙

HABLA EL SEÑOR GUILLERMO PRIETO, DE OFICIO PERIODISTA.

Don Andrés Quintana Roo es mi padre, mi Maestro, mi mentor. ¿Cómo podré olvidar sus atenciones y su cariño? En estos momentos de dolor vengo aquí para dejar constancia de la veneración que siento por ese hombre y de lo mucho que le debo, aún en mis jóvenes años.

La Audiencia agradece el fervor del señor Guillermo Prieto, pero no es el señor Quintana Roo quien debe recibir en estas mesas tales muestras de gratitud, sino doña Leona Vicario.

Bueno, claro, la señora Quintana fue una dama incomparable y compañera fiel de don Andrés Quintana Roo. La recuerdo con cariño y afecto, sobre todo al pensar en aquel día en que llegué por primera vez a la casa del señor Quintana Roo. La buena señora me obsequió, junto con sus hijitas, un chocolate caliente e inclusive algunos marquesotes recién horneados. ¿Cómo olvidar esa embarazosa primera cita cuando me comporté de manera infantil y grosera ante mi Maestro? Yo me había acercado a él para externarle mi admiración y sí, por qué no, tal vez con el deseo secreto de ser cobijado bajo su tutela, tal como afortunadamente sucedió. Don Andrés, entusiasmado más por mi inconsciencia que por mi pobre y desbordado intelecto, me llevó a su casa, allá frente a los Sepulcros de Santo Domingo. Una hermosa casa de dos pisos con un patio central adornado con decenas de macetas y tiestos en flor. Subimos al segundo piso, ya que el primero lo rentaban, y ahí me presentó a su familia. Generoso como lo ha sido siempre, me ofreció unas monedas y yo, grosero, lo tomé a insulto y le espeté que mi razón para acercarme a él no era la de recibir una limosna. A mis voces se acercó la señora Quintana y con sus dulces maneras me tranquilizó. Mi bienamado Maestro sonreía conmovido y le dijo: "Leona, este muchachito no se va de la casa, se queda con nosotros". Y desde entonces me quedé bajo su cobijo, recibiendo la sabiduría de él y el cariño maternal de doña Leona.

La Audiencia no escucha todavía si el declarante Guillermo Prieto vota a favor o en contra de las causas ya conocidas.

La señora Quintana fue una dulcísima madre y me entusiasma que lo sea también de la patria. Tengo entendido también que algunos esfuerzos realizó durante nuestra Independencia. No sé si sean lo suficientemente grandes como para llamarla Benemérita, pues ante mis ojos Benemérito lo es don Andrés, por su preclaro conocimiento, su valentía y su diligencia en los asuntos del gobierno de la América Septentrional del General Morelos y de la nación ya independiente del señor Iturbide y del General Guerrero. Tal vez compartir con este gran hombre aquellos momentos confiera a doña

Leona un halo de gloria excepcional. No lo sé pero, ¡qué fortuna la de esta dama, qué destino extraordinario el de haber sido compañera del señor Quintana Roo y, a través de él, conocer a los Morelos, a los Rayón y a tantos otros insignes libertadores! Creo entonces que don Andrés Quintana Roo merece que su esposa sea llamada Benemérita y despedirla con funerales de Estado. Ésa es mi humilde opinión.

La Audiencia puede entender el desconocimiento en la juventud, pero no en alguien que ejerce el oficio del periodismo. Y la Audiencia entiende también que, cuando la señora Vicario luchaba por nuestra Independencia, el declarante era un niño de tres o cuatro años de edad, pero se muestra muy extrañada ante la falta de conocimientos de alguien que ha vivido tan cerca del matrimonio Quintana Vicario.

Disculparán sus señorías si no entiendo sus palabras que, percibo tal vez, como un reclamo. ¿No he sido lo suficientemente claro? La señora Quintana guarda un lugar indiscutible en nuestra historia, pero hizo lo que toda buena mujer mexicana hubiera podido hacer: luchar a brazo partido en el apoyo de su esposo, en el amor a su patria y, finalmente, una vez terminados los tiempos violentos, retomar su sagrado espacio en el hogar y en la educación de sus hijas. ¿No he hablado lo suficientemente conmovido acerca de su cariñoso instinto maternal? ¿No he hablado del entusiasmo que me mueve al pensarla como la Dulcísima Madre de esta Patria? No quieran quitarle, señores, a doña Leona Quintana el bendito papel de mujer, esposa y madre. Hacer lo contrario sería traicionar el relicario de virtudes de las mujeres mexicanas que de manera entusiasta han confundido amor y deber, y así, henchidas de pasión, abrazaron de manera vehemente las causas de nuestra tierra...

La Audiencia pide perdón pero, ¿el declarante dijo que la señora Vicario "confundió" el amor con el deber?

¿Y qué si lo dije? Perdonen, señores pero, ¿qué esperaban ustedes de doña Leona? ¿Que al finalizar la lucha siguiera figurando y tomando un lugar preponderante en la palestra pública en demérito del señor Quintana Roo? ¿Esperaban de ella un espectáculo delirante de llantos y de congojas a la luz pública? Esperar eso de ella sería, a todas luces, esperar su propia degradación como mujer. Doña Leona escogió el camino correcto que es el de la discreción, el de la intimidad del hogar y el de esposa. Júzguenme ignorante si quieren, por mi juventud, pero no podrán juzgarme como impertinente o falto de criterio. Un riachuelo, un arroyo que corre libre por el campo, en su cauce poco profundo va anunciando su camino con gritos de piedras y de ramas que chocan entre sí. Pero un río profundo y ancho que alimenta, no una parcela, sino una nación entera, corre sin hacer el menor ruido. Doña Leona Vicario de Quintana es de esos ríos y no veo en ello, señores, ningún motivo de crítica, antes bien todo lo contrario. ¿O habremos de preferir a *La Güera* Rodríguez, antes que a la señora Vicario? Digan ustedes qué ríos son más provechosos a nuestras tierras. Con su permiso, me retiro.

En su precipitada salida, el joven Guillermo Prieto ha estado a punto de arrollar a una anciana y respetable dama.

Percibiendo la susceptibilidad en algunos de los declarantes, el Licenciado Rodríguez Sánchez aconseja sabiamente no buscar otra cosa en ellos más que su simple testimonio, sin interpelación alguna por parte de los señores auditores.

~

HABLA DOÑA MARÍA IGNACIA RODRÍGUEZ DE VELASCO Y OSORIO BARBA, A QUIEN LA AUDIENCIA IDENTIFICA COMO LA CÉLEBRE *GÜERA* RODRÍGUEZ.

¡¿Y qué tiene que usarme a mí de ejemplo ese petimetre insufrible!? ¡¿Quién es ese muchachito!? "¿Habremos de preferir a *La Güera* Rodríguez…?" ¡Díganme a qué se refería! ¡¿De qué hablaba!? ¡¿Cómo se atreve!? ¡¿Cómo se atreven todos ustedes!? ¡¿Ahora resulta que mis méritos son menores a los de la mustia de la Vicario…!?

La Audiencia suplica a doña Ignacia…

¡Eso! ¡Suplíquenme! ¡Así los quiero ver! ¡Suplicando! ¡Suplicando porque no levante directamente una queja ante el General Santa Anna en contra de todos ustedes por permitir tan groseras declaraciones!

La Audiencia hace ver a la señora Rodríguez que no puede ser responsable por las declaraciones y dichos de nadie…

¡Tal vez, pero tampoco presentaron ningún argumento en contra, señores! ¿Ahora viene a resultar que la patria tiene que escoger entre una beata y una libertina? ¡Grandes problemas le van a causar a esta nación, señores, si piensan seguir el camino de dividir a sus mujeres en tan sólo dos clases: las santas y las meretrices!

El señor Licenciado Rodríguez Sánchez se acomide de inmediato a resaltar el conocimiento que todos tenemos de las obras pías que realiza la señora Doña Ignacia...

¿¡Me está usted llamando beata!? ¿¡Rata de sacristía!? ¿¡Persignada o santurrona!?

De ninguna manera, se le aclara. De todos es conocida la liberalidad con que...

¡Y ahora me llaman prostituta! El haber tenido cinco maridos no me convierte en eso, caballeros...

La Audiencia...

Y algunos amantes, es cierto. Pero cuando se hace por placer, el amor no se pervierte. ¿Se sonrojan ustedes? ¡Já! Así lo hacía también mi caraqueñito, se sonrojaba...

La Audiencia pregunta si por "caraqueñito" se refiere al Libertador de América, don Simón Bolívar.

Naturalmente. Pero no he venido aquí a hablar ni de Bolívar, ni de Iturbide...

¿Ni del Barón Alexander von Humboldt?, inquiere el Licenciado Rodríguez Sánchez.

Ése es un santito que me colgaron. Alexander fue tan sólo un buen amigo. Él tenía otros intereses.

¿La botánica?

Los hombres. Pero no es el momento ni el lugar, así que abordemos el asunto que aquí me trae.

Eso es algo que suplica esta Audiencia.

¿Por qué quieren nombrar Benemérita a la señora Vicario? ¿Por qué esta patria, antes tan abierta y diáfana, necesita ahora una "Dulcísima Madre"? ¿Por qué no le dan mejor una buena amante? Sería una nación más despierta y menos dramática. ¡Y no hablo de mí, por cierto! Yo soy una… una mujer entrada en años. Pero habría aceptado con gusto el tratamiento: ¡Doña Ignacia Rodríguez! ¡La Dulcísima Amante de la Patria!

La Audiencia le suplica a la declarante que se contenga y evite esas impropias carcajadas. De igual manera, hace callar al público que ríe también y aplaude a la señora Rodríguez.

¡Dios! ¡Cómo extraño un buen sarao! ¡Una Audiencia dispuesta a la risa y a la chanza! ¿Qué han hecho de México, señores? Lo han llenado de tragedia y solemnidad. De tragedia en la vida cotidiana y de melodramas absurdos y desbordados en los teatros.

¡Ahí están las horribles óperas que ahora se montan, como ejemplo de lo que digo! Recuerdo que, en mis épocas, pasábamos las agradables veladas en nuestros teatros al compás de Rossini y sus delicias bufas. ¿Pero ahora? Desde que se estrenó la lacrimógena *Lucía di Lamermoor*, del más lacrimógeno Donizetti, todo mundo se ve a sí mismo con un cuchillo sangrante entre las manos y dando gorgoritos alucinados. Y eso, señores, eso a lo que les ha dado en llamar a los periodistas "Romanticismo", no es más que una sensiblería atroz. ¿No entienden que el pueblo se educa y toma ejemplos en el teatro? ¿Ven ustedes a las heroínas de tantas y tan ridículas óperas que nos inundan? Pues así comienzan a comportarse las mexicanas. Vean ustedes a sus *Normas*, sus *Lucías* y sus *Sonámbulas*. En el primer acto son ingenuas hasta la estupidez; en el segundo acto son engañadas o abusadas y en el tercero ¡se suicidan o se vuelven locas! ¡Qué enfermizo asunto, por Dios! Y por eso no voto a favor de doña Leona Vicario.

¿Por Donizetti?, pregunta la Audiencia.

Porque renunció a darle a las mujeres un papel protagónico en la vida cotidiana. Por eso. Ella, que podía haberlo hecho. No yo. Yo, debo reconocerlo, nunca he tenido su altura... moral, digamos. No así intelectual, que en ello sorteo un lance con los más preclaros ingenios. ¡Pero ella tenía las herramientas necesarias a su disposición! Leona tenía una pluma y sí, en su momento, también una espada, pero decidió cambiarlas por un bordado y un rosario. Pudo haber sido nuestra Madame de Staël: aristocrática, libertaria, revolucionaria y escritora preclara. Pero no, Doña Leona se dejó atrapar por los convencionalismos... ¡ella! ¡Ella a quien tanto admiré en su juventud! ¡Sus aventuras eran el centro de atención en mis tertulias! "¡Que se ha fugado la Vicario!", "¡Que se casó a escondidas con un don nadie!", "¡Que anda siguiendo a Morelos a salto de mata!", "¡Que escribe en tal o cual periódico!" ¿Y después, señores? ¿¡Y después!? A criar niñas y a zurcirle los calcetines al marido...

La Audiencia considera que las acciones
del amor...

¡No me vengan con esa palabra infausta, se los suplico! ¡El amor ha sido y será siempre la perdición del intelecto! ¡Yo nunca me casé por amor! ¡Me casé con inteligencia! Y no me salió mal la apuesta. Así que ya lo he dicho: doña Leona Vicario luchó por la independencia de su país, es cierto, pero no por la de las mujeres. Su misión posterior era liberarlas. No amarrarlas a una moral pacata, virtuosa y "respetable" porque entonces, ¿quién responde por el baldón que empiezan a darme? ¿Habré de pasar a la Historia como la gran barragana de esta nación? Tuve algunos amantes, es cierto, pero nada que no fuese aceptado y hasta celebrado en mis épocas, mucho más abiertas y luminosas que éstas. Y si me casé cinco veces es porque enviudé otras tantas... ¡Pero siempre me casé por la Iglesia, señores! ¡Fue doña Leona quien se escapó con su amante! ¿Y ella, a pesar de los nuevos límites morales, es nuestra Dulcísima Madre? Les pido, sus señorías que me ayuden a entender esto, pues mi razonamiento no alcanza a dilucidarlo.

La Audiencia considera injusto responsabilizar a una sola persona, a una sola mujer, de los cambios que se forjan en la sociedad y en las naciones. Además de que la declarante tendrá que estar de acuerdo con todos los grandes y sabios médicos y científicos de la actualidad que han establecido claramente las diferencias naturales, físicas, morales e intelectuales entre hombres y mujeres.

Ya quisiera ver yo a todos esos grandes médicos y científicos, así como los quisiera ver a ustedes también, señores, pariendo un chamaco, para ver si siguen hablando de manera tan necia de las "diferencias naturales y físicas entre hombres y mujeres". Les cambio cien batallas, cien heridas, cien huesos rotos, por el dolor de parir un hijo. Ustedes dirán...

La Audiencia... no...

¡Pero insisto en que no se sonrojen, señores! Y tampoco se preocupen, que así como nunca se ha visto a una mujer claudicar ante sus obligaciones, jamás se habrá de ver parir a un hombre. Pero es el caso que me duele la triste condición de las mujeres, consideradas tan sólo como meros instrumentos de reproducción. Hace unos años teníamos que parir, hasta quedar reventadas por dentro, montones de hijos para el servicio de Dios y de la Iglesia y ahora, cuando creí que las cosas podían cambiar, tenemos que parir ciudadanos para el servicio del Estado. Las mujeres mexicanas, señores, como decimos en Francia, estamos jodidas.

La Audiencia no... es... creemos que... la...

No se preocupen, señores. No es mi intención ponerlos en más predicamentos. Tan sólo tomen nota de mis votos en contra. Dios los guarde.

La Audiencia agradece la presencia de tan Ilustre Señora, muestrario de las más altas virtudes de decencia, rectitud y comedimiento religioso, tan digno de nuestras santas mujeres mexicanas.

⟞

LA AUDIENCIA TIENE EL HONOR DE RECIBIR EN ESTA MESA AL SEÑOR GENERAL DE BRIGADA DON VÍCTOR BRAVO, HÉROE DEL SITIO DE CUAUTLA, HÉROE DE CHILPANCINGO Y APATZINGÁN...

¡Ya, señores, ya, por Dios! ¡Gracias! ¡Gracias!

El General Bravo saluda a la multitud que lo vitorea de manera entusiasta y grita: "¡Vivan los Bravo!".

Nada de lo que he hecho en mi vida merece tal adulación, por Dios...

La Audiencia le hace ver al Señor General Bravo que su nombre es ya una leyenda y que pertenece además a la estirpe de los históricamente llamados "Bravos de Cuautla".

Me temo que, de todos los "Bravos", soy el único que sobrevive, además de mi sobrino Nicolás, naturalmente. De los hermanos Bravo: Leonardo, Máximo y Miguel, sólo yo resisto al tiempo, aunque pronto seré también un mero pie de página en el libro de nuestra Historia... Según quién la escriba, por supuesto. Pero, señores, vamos al punto, que el tiempo, como es su mala costumbre, siempre tiene más prisa que uno y hay que pensar en los funerales. Mas no hablemos de esta manera atroz al referirnos a nuestra querida señora Vicario. Los hombres y mujeres no somos lo que acabamos siendo, sino lo que alcanzamos a ser y doña Leona... Doña Leona era hermosa, joven y valiente y así deseo recordarla. Para siempre. La conocí en Oaxaca, cuando recién había sido rescatada del Colegio de Belén de las Mochas. Ahí estaba ella, con su juventud, su inteligencia magnífica, sus insultantes veintidós o veintitrés años, convertida en una amazona enamorada de don Andrés, el hombre más envidiado de todos en aquel entonces, porque sí, no puedo negarlo y no me importa a esta edad ser considerado un romántico empedernido, pero la historia de doña Leona y de don Andrés, aun así que nos resulte extraño, es una historia de amor.

Por esos días, mi hermano Miguel y yo, después de nuestros esfuerzos en Cuautla, quedamos, por órdenes del General Morelos, a cargo de la protección del Congreso del Anáhuac, que iniciara en Chilpancingo, y máxime cuando el señor Morelos realizara su expedición a Valladolid, ciudad que hoy honra su memoria con el nombre de Morelia. Después, ante las embestidas realistas, comandadas por Agustín de Iturbide, hubimos de salvaguardar al Congreso y a los diputados en su largo peregrinar por Tlacotépec, Ayutla, Uruapan y Apatzingán, en donde se promulgara nuestra primera Constitución Política. Pero no quiero separarme del recuerdo de doña Leona. Dicen, señores, que los hombres somos la cabeza del mundo, ¿no es verdad? ¡La cabeza del mundo! Créanme que quien haya dicho eso no sabía gran cosa de anatomía, ¡pues si los hombres somos la cabeza, las mujeres son el cuello que decide hacia dónde voltea ésta! Miren ustedes, el señor General Morelos, teniendo en muy alto concepto al señor Quintana Roo, le expuso a él, antes que a nadie, no sólo los que él llamara los *Sentimientos de la Nación*, sino también el discurso que diera en Apatzingán, con motivo de darse a conocer la nueva Constitución. Así lo hizo mi General Morelos pues se consideraba, cosa en la que, por supuesto, nadie estaba de acuerdo, como indigno de tales empresas e, inclusive, un hombre de pocas luces. ¿¡Podrían ustedes creerlo!? Pero así lo pensaba. Don Andrés Quintana me contó en una ocasión que, después de una de estas confidencias que le permitieron escuchar las ideas del señor Morelos, expuestas, según él, repito, con pocas luces, éste se levantó de un salto y lo abrazó emocionado, diciéndole: "¡Dios lo bendiga, General! ¡No cambie usted ni una sola palabra!". Y tal vez en aquella ocasión Morelos le hiciera caso, pero de ahí en adelante no se publicaría una nota, un edicto, una noticia firmada por Morelos, que don Andrés no hubiese revisado antes. Y he aquí el sustento de mi dicho acerca del cuello. ¿Con quién habría de consultar el señor Quintana cada frase, cada palabra, cada idea plasmada en nuestros diarios? Con su señora esposa, naturalmente. Yo fui testigo, durante las largas noches de nuestro deambular, de cómo el pabilo que iluminaba la tienda del matrimonio Quintana quedábase encendido toda la velada para dar lugar a las voces de ambos, quienes discutían lo que habría que darse a la imprenta al día siguiente. Al amanecer, don Andrés salía de su tienda con un nuevo artículo, como transfigurado, y lo llevaba a imprimir, mientras que doña Leona, siempre discreta, lo contemplaba felizmente satisfecha. ¡Cuántas veces no se habla de los escritos, en raras ocasiones firmados y casi siempre anónimos, que se publicaron en nuestro rebelde periódico *El Ilustrador Americano*! ¡Cuántas veces no se mencionan con ello los nombres del Doctor José María Cos, de don Andrés Quintana y del mismo Morelos! ¡Pero si era doña Leona la amanuense, la correctora, la tipógrafa y, ciertamente, la autora de muchos de los textos! Sobre todo los que se referían al querido General Don Ignacio López Rayón, tan caro al matrimonio Quintana. ¿Y después, en otro periódico de aquellas épocas heroicas, dirigido por don Andrés, el *Semanario Patriótico Americano*, cuando *El Ilustrador* quedó destinado a ser portavoz tan sólo de las noticias de la guerra? Bien sabía yo distinguir un ensayo escrito o no por doña Leona…

¿Cómo lograba esto, se le pregunta al Señor General?

Juzguen ustedes mismos. Aún sé de memoria estas primeras palabras, por ejemplo: "Nunca resplandece más la predilección con que la Providencia cuida de ciertos pueblos felices, que cuando éstos, acosados de males, se ven cercanos a su total ruina y a no dejar de su existencia otro vestigio que las tristes reflexiones de los hombres…". ¡Pero si parecieran versos escritos por Sor Juana! Escuchen los últimos tres: "… se ven cercanos a su total rüina", "y a no dejar de su existencia otro vestigio", "que las tristes reflexiones de los hombres" ¡Es más que claro…!

Sí… la Audiencia tiene que admitir que…

Y más adelante, en el mismo artículo, la autora se da tiempo y permiso para citar nada menos que a Shakespeare y a su tragedia *Macbeth*: "La espada hiere, mas con golpe oculto: en silencio la sangre se derrama injustamente, y cuando las sospechas comienzan, los verdugos se preparan...". ¿Y quién más iba a poder escribir así? ¿Nosotros, los toscos militares? ¿El Doctor Cos, siempre preciso y certero? ¿Don José María? Claro que todo esto es intuición, señores, mera intuición, pues doña Leona se resistió a escribir sus memorias que serían, ¡figúrense ustedes!, un valiosísimo documento. Pero es que su pasión era la trinchera, ¿saben? Poco sabía de la pasividad. Ahí estaba siempre alerta, entusiasta, sufragando gastos, escribiendo actas y documentos, atendiendo heridos, limpiando las armas. A veces me pregunto si no ahogamos su voz entre las balas de los cañones y el relinchar de los caballos.

La Audiencia supone que, en tiempos de paz, doña Leona habría podido...

Leona Vicario jamás abandonó la trinchera. Ni aún en tiempos de paz. Jamás abandonó el compromiso de dar voz a su señor esposo. ¿No financiaba la señora Vicario, todavía no hace ni diez años, el ya callado diario *El Federalista*, también dirigido por don Andrés, y que se convirtiera en palestra de oposición al pervertido gobierno de Anastasio Bustamante?

La Audiencia suspende de manera momentánea la declaración del Señor General Víctor Bravo, pues no entiende por qué el público que espera fuera de este

Ayuntamiento ha comenzado a dar voces en sentidos tan contrarios como "¡Vivan los Bravo!" y "¡Mueran los Bravo!". El Señor General Víctor Bravo se levanta, desenvainando la espada, ante la sorpresa de esta Audiencia, pero la guarda de inmediato al reconocer a su sobrino, el Señor Diputado y ex Presidente de la República, don Nicolás Bravo.

Los oficiales comienzan a imponer el orden. El Señor Licenciado Rodríguez Sánchez suda copiosamente y esta Audiencia teme por su salud.

HABLA DON NICOLÁS BRAVO.

—Señor tío, caballeros…

—Te dije que no vinieras, Nicolás. ¿Para qué exponerte? ¡Y a mí, que soy un anciano!

—Le suplico me perdone, señor tío, pero en estos tiempos ya no se sabe en qué momento le gritan a uno "vivas" o "mueras". Pensé que la ocasión…

—La ocasión no puede ser menos inoportuna, Nicolás. Ha muerto Leona Vicario, nada menos. ¿Qué esperabas que esto concitara si no resquemores y viejas rencillas?

—Le repito que pensé…

—¡Pues no andes pensando, Nicolás!

La Audiencia lamenta interrumpir la plática familiar y pregunta al General Bravo si considera que ésa es la mejor manera de dirigirse hacia un Héroe de la Patria, ex Vicepresidente y ex Presidente de…

—En estos momentos, señores, mi sobrino Nicolás no es más que un ciudadano común y corriente, cuya vida corre peligro. ¿Por qué insistes en arriesgarla así, Nicolás? Que no se te olvide cómo murió mi hermano Leonardo, tu padre.

—No lo olvido tío. A garrote vil.

—Bueno.

—Señores, he creído mi deber ciudadano el llegar hasta ustedes para externar mi voto a favor de las causas que se siguen para Leona Vicario.

La Audiencia pregunta con respeto si no le resultaba más cómodo y seguro enviar una carta...

En política la forma es el todo, señores. Ojalá recordaran, recordáramos todos, liberales y conservadores, yorkinos y escoceses, las sabias palabras de Miguel de Montaigne, quien dijera que el gobierno es una pesada pero frágil vasija de barro que requiere, no de una, sino de dos asas para ser sostenida: la derecha y la izquierda y sólo así se encontrará el equilibrio y la vasija resistirá.

Es importante, por lo tanto, que la ciudadanía me perciba cercano a ella y que el Presidente Santa Anna sepa que estoy dispuesto a enfrentarla.

La Audiencia supone que el señor presidente Santa Anna lo sabe y pregunta además el por qué da su voto a favor. El declarante no dudará que el señor Quintana Roo lo considerará como un enemigo, supone la Audiencia...

¿Enemigo yo de don Andrés? Depende de las circunstancias, señores. Depende de los tiempos.

La Audiencia suplica una explicación.

—Sobrino…

—Permítame, señor tío. ¿Enemigo de Andrés Quintana Roo? Tal vez ahora, pero no lo sé dentro de dos, cuatro o cinco meses. ¿Enemigo de Quintana Roo? Tal vez enemistado. Tal vez llevado de arriba abajo por esta rueda de la fortuna que es la política. Fuimos amigos y muy cercanos cuando, junto con mi tío, protegía yo al Congreso de Chilpancingo. Amigos distantes cuando Iturbide se proclamó Emperador y don Andrés cayó en la trampa y aceptó el Despacho de Relaciones Interiores y Exteriores. Una vez más, fuimos amigos cercanos cuando el General Santa Anna derrocó a Iturbide y me confirió la responsabilidad de escoltar a éste hasta Veracruz para que iniciara desde ahí su exilio en Europa. Más amigos aún cuando Santa Anna le "perdonó" a don Andrés su desliz…

—Hijo, por Dios, que te comprometes…

—Y amigos más que cercanos, casi hermanos diría yo, cuando me encargué del Poder Ejecutivo en el triunvirato, junto con Victoria y Negrete. ¡Ah! Pero cometí el "pecado" de antagonizar a Vicente Guerrero, ¡el mártir de los liberales!

—¡Nicolás!

—Permítame hablar, tío, que en estos momentos la Historia nos está dando a cada uno nuestro lugar… ¡Qué dichosa la hora de la muerte de la señora Vicario, cuando hoy gobierna su inquilino Santa Anna! ¿Todo este… circo se estaría organizando en tiempos de Bustamante? ¿A quién le gritarían "¡muera!"? ¿A mí o al señor Quintana?

La Audiencia…

—Pero después de mi exilio en Ecuador y cuando regresé de la campaña de Tejas con el señor Santa Anna, ¿quién volvía a ser mi amigo? ¿Esperaba don Andrés que cumpliera yo con un interinato en la presidencia? Tal vez. Y cuando le entregué el poder a Anastasio Bustamante, "Brutamante" lo llamó don Andrés, ¿renunció éste a su magistratura en el Tribunal Superior de Justicia? ¡Por supuesto que no! ¡Una magistratura es un hueso lo suficientemente gordo y duro para roerse con sabrosura!

—¡Les suplico, señores, que hagan caso omiso a estas últimas palabras y hagan el favor de pasarlas por alto! ¡Vámonos, Nicolás! ¡No estás en ti!

—¡Que sepa el señor Ministro Quintana Roo que el diputado Bravo vota porque su esposa sea nombrada Benemérita! ¡Y que no deje de invitarme a sus Funerales de Estado!

—¡Suficiente, Nicolás!

La Audiencia observa atónita cómo el General Bravo carga en vilo a su sobrino y lo defiende de la turba que grita enardecida: "¡Mueran los Bravo!". Pero a ese grito el General Víctor Bravo revira: "¡Paso a los Bravos de Cuautla!", y la plebe, siempre mutable, los abraza a ambos y les da paso franco al grito de "¡Vivan los Bravo!".

HABLA DON EUSTAQUIO MELÉNDEZ, DE OFICIO
EMBALSAMADOR.

¡Ay, señores, ay! ¡Qué preocupación! ¡Qué terrible preocupación! La señora Quintana muerta y ustedes aquí deliberando, ¡en pleno agosto!, ¡con el calor que hace!

La Audiencia no entiende la preocupación del señor Meléndez.

No lo entienden porque a ustedes no les cargan el muertito, pero a mí sí, sus señorías. Por eso vengo a preguntar si se tardarán mucho en todas estas diligencias.

La Audiencia declara que se tardará menos en la medida en que los declarantes lleguen rápidamente a su punto y voto.

Pues si es por eso, al punto llego: con todo respeto señores, ¡se nos pudre la Benemérita!

La Audiencia...

Ustedes habrán de perdonar la crudeza de mis palabras, señores, pero es la verdad. La verdad no peca pero incomoda y si la dejamos, hasta apesta. La casa del Ministro Quintana Roo está invadida por decenas y decenas de deudos que lo único que hacen es aumentar la temperatura del lugar. ¡Ya han llegado más de cincuenta coronas luctuosas y muchas gruesas de nardos y margaritas que no hacen más que viciar el aire! Tendrían que estar ahí para sentir el calor que hay entre tantos dolientes y plañideras, tantos cirios encendidos y tanto champurrado que se está sirviendo. La monja ésa, la hermana de doña Leona, que es más trágica que la monja portuguesa, a todos los recibe dándoles una vela encendida y una buena sahumada de incienso. ¡Imagínense el calor! Nadie lo nota porque no tienen por qué hacerlo, dado que son ignorantes en la ciencia que yo practico, pero el cuerpo de doña

Leona comienza a hincharse de manera peligrosa. El anillo ya le aprieta, el vestido se le está estirando y la papada le sigue creciendo, ¿y todo por qué? ¡Por el calor, señores! ¡Pero si estamos en pleno agosto! Miren ustedes, si lo que desean es que esto sea un homenaje digno, háganlo también expedito. Ya va para dos días que murió la señora y nadie ha dado todavía la indicación de embalsamar el cadáver. ¡Pero si ya sabemos todos que es Benemérita y que es nuestra "Dulcísima Madre"! ¿Y en cuanto a los funerales? Me da lo mismo si son de Estado o de Persona Ilustre, ¡siempre y cuando se realicen ya! Acuérdense que el muerto y el arrimado al tercer día apesta, por benemérito que el muertito sea. Ya estamos en el segundo día, ¡y con estos calores! ¡Qué angustia, señores, qué angustia la mía! El señor Quintana no escucha de razones, pues bastante apesadumbrado se encuentra y debe de estar además muy cansado de tanto abrazo y tanto pésame. Lo mismo las hijas y la servidumbre. ¿Pero yo, señores, yo qué hago? Sólo puedo mirar, con impotencia, la hinchazón que se apodera de la Benemérita. Por lo tanto les suplico, señores, que giren una orden inmediata para que su servidor pueda embalsamar el cadáver de tan digna señora. De lo contrario, no me hago responsable de que en la ceremonia luctuosa, se realice cuando se realice, aparezcan los beneméritos humores y los beneméritos fluidos, porque los fluidos fluyen, precisamente, espantando a la respetable concurrencia que seguramente asistirá. Y si los fluidos fluyen, los gases truenan. ¡Comprendan mi sentir, caballeros! Es que ya no sé en qué tono decirlo: ¡que se nos pudre la Benemérita!

La Audiencia entiende la gravedad del asunto, toma nota y se dispone a enviar al Señor Ministro Quintana

Roo la solicitud de embalsamamiento para evitar desaguisados y otros desagradables percances, agradeciendo el celo profesional del señor embalsamador.

Un nuevo grito sorprende a esta Audiencia: "¡Es Bustamante!", "¡Bustamante el traidor!", "¡Muera Bustamante!". El Licenciado Rodríguez Sánchez comienza a experimentar palpitaciones, mientras que esta Audiencia solicita la protección de los oficiales del Distrito Federal.
En medio del caos, un anciano de cabello cano se defiende a bastonazos de la turba fiera.

¡Suélteme, infeliz! ¡Suélteme! ¡Soy Bustamante, el periodista, chusma inmunda e ignorante! ¡Auxilio! ¡Canalla salvaje! ¡Socorro les pido…!

La Audiencia, al darse cuenta de la situación, rescata al Señor Don Carlos María de Bustamante, a la vez que le hace ver a la multitud embravecida que no se trata del traidor Anastasio Bustamante, en el exilio, por otro lado. Al calmarse los ánimos, la gente grita feliz: "¡Viva Bustamante!", "¡Viva don Carlos Bustamante!". El Licenciado Rodríguez Sánchez sufre un ligero desmayo.

HABLA DON CARLOS MARÍA DE BUSTAMANTE, ABOGADO, PERIODISTA E HISTORIADOR Y A QUIEN LA AUDIENCIA OFRECE SUS DISCULPAS Y CUALQUIER ATENCIÓN QUE ÉSTE NECESITE.

A mis casi setenta años, señores, es tranquilidad y no mitotes lo que necesito, se los aseguro. ¡Esto es una romería! He sufrido prisiones, hambre y persecución política. Pero nada se compara a la irracionalidad de la turba. Nada es más inverosímil, más peligroso... ¡Nada es más patético que la ignorancia!

Estas últimas palabras han sido lanzadas por el declarante a la gente que, discretamente, deja de lanzarle "vivas". Algunos inclusive, muy sentidos, abandonan el recinto para ir a comer, seguramente, los garapiñados, los azucarillos, las charamuscas y las trompadas que ya se expenden a las afueras del cabildo. Han llegado, por fortuna, los refuerzos solicitados al Departamento del Distrito Federal.

El Licenciado Rodríguez Sánchez se recupera, después de habérsele traído una horchata dulce de las que también se venden afuera.

La Audiencia espera prudentemente a que desaparezca del rostro de tan distinguido declarante el color abermellado que lo adorna.

Mientras tanto, se instala la tercera mesa de declaraciones, pues ha llegado ya a trabajar el señor Licenciado Ortiz Vega, quien se queja de no haber recibido el oficio correspondiente para acudir a esta Audiencia extraordinaria.

Esta nación no llegará muy lejos, señores, mientras prive en ella el caos y la irresponsabilidad.

La Audiencia lamenta que este asunto se esté haciendo tan grande.

¿Se "esté haciendo grande", señores? Este asunto no se "está haciendo grande". Éste "es" un asunto grande desde que se trata de doña Leona Vicario. Esta Audiencia, y me temo que el gobierno todo, es el que resulta empequeñecido ante el tamaño de la ocasión. Y si no empequeñecido, sí al menos poco previsor. Pero no soy quién para dar a sus señorías mis opiniones, que bastante trabajo tengo ya con mis propios escritos. Confieso que mi ánimo es bien distinto ahora de cuando llegué ante ustedes. Pretendía hacer una apología de doña Leona, pero ante tal... runfla de patanes, veo que cualquier dicho que exprese sería como lanzar margaritas a los cerdos. Así que me retiro, que bastante tengo con la conclusión de mi *Cuadro Histórico de la Revolución Mexicana*, un proyecto titánico, por otra parte. Así que queden con Dios. Mi voto es a favor y me retiro dándome por ofendido y vapuleado.

La Audiencia no sabe ya cómo demostrarle al declarante la pena que la embarga y estaría dispuesta a suplicar, si fuera posible de rodillas, que el señor Bustamante le dedique tan sólo unos minutos de su presencia, pues esta recepción de testimonios se ha convertido en un ejercicio de memoria que, la Audiencia considera, puede ser muy útil a nuestra sociedad en tiempos futuros.

Si quieren leer algo útil, pueden leer mi *Cuadro Histórico de la Revolución Mexicana* en su edición corregida y muy aumentada que estoy por dar a la luz, si antes no muero asesinado por los... ciudadanos.

La Audiencia suplica...

¡Basta ya! Jamás me han gustado las súplicas. Digan ustedes qué desean saber.

El Licenciado Rodríguez Sánchez se atreve a deslizar la petición de conocer cuál y cómo fue el fin del Congreso del Anáhuac.

. . .

Aunque claro, si el declarante no...

Me obligan, señores, a revivir uno de los más trágicos momentos de esta nación y, en lo personal, uno de los más tristes de mi vida. Y no sólo de la mía sino de las vidas que en aquella diáspora se perdieron o cambiaron para siempre. Como la de la señora Vicario, por ejemplo. ¿Cómo explicarme, señores? Miren ustedes, hay momentos en la vida de esta patria en que todo pareciera que está a punto de florecer, de dar frutos. Hay momentos en la vida de México en que uno creyera que por fin hemos alcanzado algo de civilidad, de cordura, de madurez, en que pareciera que México está a punto, listo y dispuesto, para tomar parte en el gran concierto de las naciones. Pero también llega siempre el momento en que todas estas esperanzas, en que todas estas ilusiones se malogran, se pierden. Es nuestro país la gran patria de las ilusiones y también de las más grandes desilusiones. A veces quisiera convencerme de que la vejez me ha hecho pesimista, pero los hechos me remiten a la realidad circundante y me doy cuenta de que no es la vejez ni el pesimismo los que hablan por mí, sino los hechos mismos que se declaran en nuestra naturaleza. Hoy son ya treinta años en los que se ini-

ció el Congreso del Anáhuac. ¡Treinta años! Y en treinta años
he visto cómo se han malogrado los sueños y esperanzas que
aquel Congreso representaba. A una declaración de independencia la sigue un Emperador de opereta, a un espíritu republicano lo siguen la traición y la muerte, a una bonanza económica y a una naturaleza pródiga la siguen el desorden y la
corrupción. Debo ser muy necio o muy estúpido como para
aspirar todavía a escribir mi pretencioso libro sobre la historia de aquellos años. ¿Cómo acabó el congreso del Anáhuac,
se preguntan? Como acaban todos los sueños en este país:
hundido en el fango, manchado de sangre, en la miseria más
atroz. No sé qué más pueda decirles. Las victorias de Morelos se fueron perdiendo y mutaron en derrotas, disoluciones,
rencillas. Sólo unos cuantos nos mantuvimos, y perdón por
incluirme en este cuadro, fieles al espíritu de Morelos. A pesar del hambre, las persecuciones y aquella flor marchita, otra
ilusión muerta, que se nos quedó a todos entre las manos.
Ahí está nuestra Benemérita. ¿Se merecía ella ser perseguida,
ser cazada como un animal entre las montañas y las sierras?
¿Se merecía don Andrés Quintanta Roo, para salvar la vida
de su esposa e hija, traicionarse a sí mismo y abjurar de sus
ideales, escritos y empresas? ¿Se merecía el General Ignacio
López Rayón semejante final? ¿Y se merecía, señores, don
José María Morelos, un hombre bueno, íntegro y valiente,
caer en las manos de todos esos miserables eunucos del infierno, de todas esas sanguijuelas eclesiásticas que no ven
más allá de las llamas del demonio, los cilicios y la perdición
de las almas? No, nadie se merecía esa suerte. Y mucho menos don José María. Pero el señor Morelos sea tal vez la más
bella y patética flor de la desilusión y la desesperanza que
haya crecido en esta tierra que me resisto a creer infecunda y

estéril pero que, a golpes de realidad, voy aceptándola cada vez más en su verdadera y triste condición. ¿Qué fue de los Quintana durante la gran diáspora? Después, platicando con ellos mismos, me he enterado de algunas cosas, pero sus recuerdos no son más que retazos, breves apuntes, tal vez eliminados conscientemente por ellos mismos, dada la indignidad de aquellas memorias. Don Andrés tomó a su mujer y se internó, a ratos protegido por el General López Rayón, a ratos por su propia astucia, en las tierras michoacanas viviendo, ya lo he dicho, como animales perseguidos. Perseguidos, por cierto, por el que llegaría al final de todos los esfuerzos a cobrarse la inmerecida honra: don Agustín de Iturbide. Hay quien me acusa, señores, de ser, no sé, una plañidera de la historia y de ensalzar únicamente a los caídos, sin celebrar los triunfos y las luces de aquellos que han cerrado, de manera gloriosa, alguna etapa de nuestro devenir. Pero yo pregunto a la vez: ¿tendría yo que celebrar a los vivales, a los que transaron con el dinero, como Judas, por cuarenta monedas de plata? Ya lo he dicho. El día que, de manera incógnita, acudí a la degradación sacerdotal de don José María Morelos, ese día probé la hiel amarga de la desesperanza y ese regusto en mi boca, hasta el día de hoy, lo percibo. *Homo homini lupus est.* El hombre es el lobo del hombre. Y la hiena y el buitre y el animal carroñero que no se sacia sino hasta haber devorado los intestinos de su prójimo. Aquellos súcubos del dolor lacerante, todos esos buitres vestidos de negro, todos aquellos sacerdotes, obispos y prelados, no sólo estaban prestos a masticar las carnes del señor Morelos, sino que estaban también acompañados por una jauría de bestias hambrientas que en mucho me recordaban a los salvajes romanos, deleitándose en sus circos ante la brutalidad de la muerte y el sacrificio del prójimo. La Iglesia hizo de aquel acto, que debió celebrarse a puertas cerradas pues se trataba de un asunto que sólo le competía a la misma Iglesia, hizo del acto, repito, un evento social, convirtiéndolo en un circo romano en donde el señor Morelos era la víctima propicia al sacrificio y en donde todos estaban más que deseosos de bajar el pulgar, ordenando que se asestara el golpe final. Más de doscientas personas fueron convocadas para asistir a semejante impudicia. Entre los asistentes, es cierto, estábamos algunos, quienes horrorizados acompañábamos al General Morelos en ese trance lamentable. Después sería fusilado, ya como civil, en Ecatepec, pero don José María Morelos murió ahí, esa tarde, en aquel anfiteatro de la Inquisición. Hasta ahí fue dirigido, vestido con una ridícula sotana amarilla, humilde y mal cortada, que hasta el infausto Lucas Alamán, quien participara en aquel festín, tuvo que admitir que era vergonzante para el señor Morelos. El arzobispo Bergoza, erigido en Gran Inquisidor, queriendo emular tal vez la equívoca gloria de Torquemada, revivió un rito centenario y demoníaco, y cobijado entre cirios, sahumerios, palmas e hisopos, se autoproclamó, ya no digamos Gran Inquisidor, sino Dios Omnipresente para insultar, anatemizar y sangrar, cual si fuese el cordero pascual, al Siervo de la Nación. ¡Cuánta piedad cristiana! ¡Cuán santísima es esta Iglesia que se comportó como una vulgar sarracena e hirió las manos del señor Morelos, raspándoselas con púas y rebanando con filosos cuchillos las yemas de sus dedos! ¡Los tiempos medievales traídos a nuestros días por la piadosa Iglesia de México! Tan oprobioso fue el dicho acto, que el mismo arzobispo Bergoza, seguramente sintiéndose acicateado por la vergüenza, derramó unas lágrimas en honor del sentenciado que...

—¡Cuán admirable su narración, don Carlos! ¡Qué sublime y melodramática presentación de los hechos logra usted!

La Audiencia suplica al declarante de la tercera mesa que guarde la compostura y se limite a dar su testimonio sin interrumpir a los demás.

¡Pero si no interrumpo nada, señores! Sólo felicito al señor Bustamante por su extraordinaria y desbordada imaginación.

La Audiencia llama al orden al tal declarante, así como al público que, enardecido ante la violenta interrupción, amenaza con agredir al de la voz intrusa. El señor Bustamante retoma su declaración.

¿Y por qué habría de extrañarnos, señor Alamán, su punto de vista, si no ha hecho usted otra cosa en su vida más que menospreciar las obras de aquellos que nos dieron libertad? Libertad de la cual usted mismo es beneficiario, por cierto.

ESTA PRIMERA MESA DE DECLARACIONES NO HABÍA RECONOCIDO AL SEÑOR DON LUCAS ALAMÁN, POR ENCONTRARSE ÉSTE REALIZANDO SU DECLARACIÓN EN LA MESA TERCERA.

—Básteme decir tan sólo, don Carlos, que no menosprecio los esfuerzos de nadie. Simplemente agrego los esfuerzos de otros que usted quiere que no existan, cosa cada vez más común en esta nación de contrastes maniqueos, de blancos y negros, de héroes y traidores. Para usted, Hidalgo es poco menos que un Dios. Yo lo vi como un carnicero a su entrada en Guanajuato. La diferencia entre usted y yo es que ahora, al paso de los años, yo veo a Hidalgo como un hombre, trágico a veces, sublime también, pero patético en muchos otros aspectos, mientras que usted lo sigue viendo como a un Dios. Yo, el conservador, he evolucionado. No es así su caso, don Carlos. Disculpen la interrupción y las distracciones, sus señorías, pero habiendo yo también estado presente en la degradación sacerdotal del señor Morelos, debo decir que fue él y no el arzobispo Bergoza, quien lloró…

—¡Yo no he visto tal cosa! ¡Pero si lloró el General Morelos, sus señorías, habrá sido por el dolor que le causó la traición de la misma Iglesia a la que él siempre defendió! ¡Si lloró habrá sido por la vergüenza que le causaban los impíos jerarcas católicos, cuya religión siempre procuró como la única posible en estas tierras!

—Don Carlos, por Dios, no se enoje usted. Atempere su carácter, señor Bustamante, que en esta tierra vivimos muchas personas y si cada cabeza es un mundo, como lo quiere el refrán, imagine usted siete millones... ¡Siete millones de almas y de intelectos aglutinados en el mismo país! Alguien habrá que difiera. No se convierta usted en inquisidor...

—¡¿Inquisidor?! ¡¿Inquisidor yo?! ¡¿Se atreve a llamarme inquisidor, miserable infeliz?!

La Audiencia se alarma, no sólo ante las voces desaforadas del ilustre señor Bustamante y sus bastonazos, sino también porque el último de éstos ha ido a dar directamente a la cabeza del señor Licenciado

Rodríguez Sánchez quien muestra un descalabro y un chichón descomunal.

La Audiencia se declara incompetente para transcribir las palabras dichas por ambos declarantes toda vez que, además de soeces, son ininteligibles entre la gritería del público.

Una joven de calidad distinguida se abre paso por entre la multitud e impone poco a poco sus argumentos. El Licenciado Rodríguez Sánchez apunta, mientras se coloca un fomento frío en el chichón de su cabeza, lo bien impostada que tiene la voz dicha señorita.

¡Pero señores, por Dios! ¡Qué escándalo es éste! ¡Qué clase de verdulería es la que se ha asentado en este Ayuntamiento! ¿Es así como los señores auditores buscan el homenaje a mi señora madre?

¿Su señora...?

Soy Genoveva Quintana Vicario, mujer de don Antonio García y la amantísima hija del Ministro Quintana Roo y de aquella mujer que, el día de hoy, con tanto grito y alboroto, de estar viva se sentiría ofendida. ¡Vergüenza sobre todos ustedes!

HABLA PUES LA SEÑORA GENOVEVA QUINTANA VICARIO DE GARCÍA, HIJA MAYOR DE DOÑA LEONA VICARIO.

—Señor Alamán, el que usted sea un ave de tempestades y el que no pierda tampoco la oportunidad de denostar a mi señora madre, aún a pesar de encontrarse apenas en su lecho mortuorio, es algo que en nada me extraña. Pero usted, don Carlos, nuestro amigo y maestro muy querido…

—Perdóname, hija. No he querido ofender la memoria de tu madre, antes todo lo contrario. Ha sido don Lucas quien…

—Soy yo, precisamente, quien se retira. Mi más sentido pésame, señora.

—¿Se retira usted, don Lucas? ¿Sin haber hecho su declaración?

—Ya no es el momento, con permiso.

—¿¡Va usted a perderse la oportunidad de ofender a mi señora madre una vez más, tal y como lo hizo cuando era Ministro del traidor Anastasio Bustamante!?

El Licenciado Ortiz Vega, de la tercera mesa, aclara que el señor Lucas Alamán ya ha hecho su declaración por lo que no vale la pena retenerlo más.

¿Que ya ha declarado el señor Alamán? ¡Entonces, tal vez el público aquí presente quisiera conocer la tal declaración!

A la Audiencia le parece notable, aunque inoportuno, el liderazgo de la joven Señora de García. Toda vez que se ha soliviantado de nuevo el ambiente, el público exige que se lea la declaración del Señor Alamán y que éste permanezca en la sala.

Nada tengo que ocultar. Si cumplir este capricho le sirve a la señorita Quintana, o señora García, como paliativo a su dolor, me quedo gustoso.

Alguien del público grita: "¡Viva don Lucas Alamán!", aunque es reprimido de inmediato por otras personas. El señor Bustamante se acerca hasta la señora García.

—Hija, ¿qué ganas con esto? ¿Recriminas mi conducta y después tú misma propicias algo tal vez peor? Shhh, no, no, no está bien. Tú no sabes lo que puedes provocar enardeciendo a la plebe... Anda al lado de tu padre que te necesita.

—Creo que la honra de mi madre es la que me necesita más en estos momentos, don Carlos. No voy a permitir que...

Se le hace ver a la señora Genoveva Quintana de García que ésta es una Audiencia pública, libre y soberana, lo mismo que los votos y declaraciones de los ciudadanos, por lo que ella no puede prohibirle nada a nadie. Inclusive, esta Audiencia se reserva el derecho de hacer públicos o no dichos testimonios y se le advierte a la gente que esto no es un teatro en el que se aplaude o se abuchea según el gusto de cada quien. El Ilustre Señor Bustamante nos concede la razón.

—Los señores tienen razón, hija. Vámonos de aquí, anda. Ofrezco una disculpa a esta Audiencia por haberme dejado llevar por mi temperamento. Misma disculpa que ofrezco a los ciudadanos y... y a usted, señor Alamán.

—Tiene usted razón, don Carlos. Tiene usted toda la razón.

—Vámonos, hija.

La Audiencia celebra el buen juicio de doña Genoveva Quintana de García, pero antes de que ella y el Señor Bustamante salgan, don Lucas Alamán declara en voz alta:

La Audiencia no tiene por qué dar a conocer los testimonios de los declarantes pero, si usted gusta, doña Genoveva, yo se los puedo repetir. ¡Es mi derecho completar mis testimonios!

Esta Audiencia se sorprende de la gran cantidad de minúsculos, pero significativos eventos que pueden acontecer en unos segundos, tantos como para echar de menos a un físico o a un matemático: doña Genoveva Quintana ha mutado el rostro en una horrible mirada de odio; don Lucas Alamán sonríe como nunca se le ha visto hacerlo; don Carlos María de Bustamante resopla como si fuese un corcel; el público contiene el aliento y el Licenciado Rodríguez Sánchez se escurre lánguido en su asiento. Don Carlos Bustamante declara:

Hija, hija… No me escucha, no escucha, señores. Igualita que su madre, pobre criatura. Queden con Dios o con el Diablo, a mí me da lo mismo. Tengo que ir a escribir mi *Cuadro Histórico de… de…*, que no sé ni para qué.

La Audiencia, no estando dispuesta a permitir ningún incidente que exceda los límites de la legalidad, el decoro y el buen gobierno civil, advierte al Señor Alamán y a la Señora Quintana de García que sólo permitirá la presencia de ambos en la sala si cada uno ocupa una mesa respectiva de testimonios y acuerdan comportarse a la altura de las circunstancias. Ambos se miran largamente y acceden.

La Audiencia ordena, además, que saquen del lugar al vendedor de garapiñados ya que, repite, esto no es un teatro ni se presenta aquí ningún espectáculo. El Licenciado Rodríguez Sánchez guarda, discreto, el cono de azucarillos que ya había comprado al charamusquero.

RETOMAN SUS DECLARACIONES: EN LA SEGUNDA MESA, DON LUCAS ALAMÁN, Y EN LA PRIMERA, DOÑA GENOVEVA QUINTANA DE GARCÍA.

—Ha sido el destino, doña Genoveva, el que de muy distintas maneras me ha hecho aparecer ante sus ojos como el gran enemigo, no sólo de su señora madre, que de la gloria del Cielo goce, sino también de su señor padre, don Andrés Quintana Roo. Pero fíjese usted qué curioso es esto que a continuación le explico: mi carrera dentro de la política se ha encontrado, en más de una ocasión, cercana a los intereses de su padre.

—Dudo mucho que mi señor padre…

—Permítame continuar, se lo suplico. Ésa ha sido además la promesa que hemos hecho a esta Audiencia. Decía yo que nuestros caminos se han encontrado. A la salida de don Andrés del Ministerio de Relaciones Interiores y Exteriores siguió mi entrada a la misma cartera. Aunque, y aquí está lo curioso, él lo fue durante el Imperio de Iturbide, y yo durante la República de Santa Anna.

—¡Mi padre renunció al Ministerio y sufrió persecución por parte de Iturbide! ¡Vivió, una vez más, exilado en Toluca!

—Sí, sí, ya lo sé, pero insisto en que él fue Ministro durante el Imperio y yo durante la República. Y eso, señores, a pesar de ser yo el gran conservador, el gran mojigato, el gran mocho de este país, como me han llamado los liberales. Pero no sólo en aquel Ministerio hemos convergido su señor padre y un servidor. También en la lucha por conservar a Tejas como parte de nuestro territorio. Hasta el momento, los dos hemos fracasado y mucho me temo que este fracaso será permanente y en él también habremos de encontrarnos, no sólo ahora, sino en la Historia.

—Pudiendo estar de acuerdo con usted, señor Alamán, y no teniendo idea de cuál es el objeto final de sus palabras, he de apuntar que usted jamás ha expuesto la vida, la salud ni el patrimonio, ya sea en la lucha por la Independencia o en el problema de Tejas. Mi señor padre, en cambio, fue inclusive secuestrado por los facinerosos tejanos apenas en diciembre pasado lo cual, debo decir, fue un gran motivo de angustia para mi madre y tal vez el inicio de su decaimiento físico.

—Sí, supe del secuestro del que fue víctima don Andrés. Pobre. Además, venía de fracasar también en la península de Yucatán, a la que tampoco ha podido restituir a nuestro territorio. Pero yo asumo mis fracasos y no condeno ni me lamento por los fracasos de terceras personas.

—¡Mi padre, como Ministro Plenipotenciario, firmó con los yucatecos un tratado de reincorporación a México!

¡Cuente bien las cosas! Por desgracia, el mismo Presidente Santa Anna desconoció lo pactado.

—Sí, sí, como haya sido, pero hablábamos de Tejas, doña Genoveva. Hablábamos de Tejas y de las coincidencias que guardo yo con su padre, aunque el mohín de su rostro me hace ver lo mucho que le molesta la idea. Es mi interés principal, como lo ha sido siempre, el desarrollo y el fomento de la industria en este país. Y ése, señores, tal vez sea mi mayor pecado. Pretender el desarrollo económico de mi nación. ¡Qué osadía! ¡Qué atrevimiento! ¿¡A quién se le ocurre pensar que nuestra patria necesita algo más que próceres, héroes, discursos y nacionalismos mal entendidos para iniciar el progreso!? ¡Sólo a un perverso de mi calaña se le puede ocurrir que México necesita infraestructura industrial, ferroviaria y bancaria! ¡Pero si un pueblo empobrecido y hambreado será siempre un pueblo adorador de los mártires y de los Padres de la Patria! Pido perdón, sus señorías, por pretender una bonanza económica nacional, por aconsejar a nuestros gobiernos que se alejen de los pérfidos Estados Unidos y se acerquen a Europa ¡Llevadme al cadalso! ¡Fusiladme en este preciso instante! ¡¿Cómo me he atrevido a fomentar la minería y el comercio en nuestra patria?! ¡Osé alejarme de estas tierras para estudiar la economía francesa, la italiana, la inglesa y la alemana! ¡He tenido la cara dura de hacerme aconsejar por los grandes banqueros y comerciantes de Europa para lograr que este país deje de ser un país de zarrapastrosos que esperan siempre, del bendito gobierno, una migaja de pan y un servicio médico elemental!

—Insisto, señor Alamán, en que no entiendo…

—¡Pero más grande es mi pecado por haber hecho público este interés, doña Genoveva, y no como sus señores padres que, bajita la mano, se han enriquecido, como es justo y correcto que lo haga un buen administrador, por otra parte, con la hacienda que el Gobierno le dio a su señora madre en pago a sus servicios por la lucha de la Independencia! ¡Gran hacendado resultó ser don Andrés Quintana Roo! ¡Muy celosa resultó doña Leona Vicario de las deudas que la Patria tenía con ella! Es curioso, doña Genoveva, enterarse de que doña Josefa Ortiz de Domínguez, quien no guarda menos méritos que su señora madre, no aceptó jamás un peso de compensación ofrecido por el gobierno de la República Independiente, así como tampoco aceptó ser Dama de Honor en la corte de la señora Huarte, Emperatriz de México. Y digo que es curioso porque ya he dicho que su señor padre trabajó para el Imperio de Iturbide y su señora madre se cobró con creces los muy llevados y traídos cien mil pesos oro de su herencia, mismos que se encargó, con un afán que jamás me atrevería yo a juzgar de mercenario, de cobrar a la República. ¡Mucho más de cien mil pesos obtuvo, que más que eso es lo que valen ahora la Hacienda de Ocotepec y las casas que poseen frente a los sepulcros de Santo Domingo!

—¿Qué está insinuando, señor Alamán?

—Ésa, doña Genoveva, sea tal vez la diferencia entre los yorkinos y los escoceses. Los yorkinos insinúan. Los escoceses afirmamos. Yo no insinúo, afirmo que su señora madre recuperó, y con réditos crecidos, lo "invertido" en la lucha por la Independencia.

—¡Para ofrecerlo de regreso a la misma nación! Habrán de saber, sus señorías, que la dicha hacienda de Ocotepec fue puesta al servicio de la República por mis señores padres durante la llamada Guerra de los Pasteles, por encontrarse en los Llanos de Apam, en ruta a Veracruz. En ella se resguardaron y alimentaron las fuerzas del ejército de la República.

—Acción que aplaudo, naturalmente pero, ¿por qué pudieron ofrecer la hacienda sus señores padres? ¡Porque era una hacienda rica, próspera y bien administrada lo cual, y esto es lo que no logro que nadie entienda, no es algo criticable sino, antes bien, ponderable! Si su padre es un gran administrador, ¿cuál es el problema en ello? Si la familia se ha enriquecido gracias a esa hacienda, ¿dónde está lo vergonzante en eso? Claro, tal vez lo vergonzante, en todo caso, sería el... giro de la hacienda. Lo que ésta produce...

La Audiencia desea saber el producto de la dicha hacienda de Ocotepec.

—Pulque... ¡pulque, señores! La señora Vicario y el señor Ministro Quintana Roo, ¡son pulqueros!

—¡Le prohíbo a usted...!

—¿No es el pulque, sus señorías, la bebida que ha enviciado y embrutecido a nuestro pueblo durante siglos? ¿No es el pulque, aquella famosa "agua de las dulces matas", el causante de tanto mal, de tanta degradación social, del envilecimiento de nuestros hombres del pueblo y del campo? ¿No ha sido el pulque denostado y señalado por nuestros más grandes y preclaros pensadores, desde los tiempos de la Colonia, como la bebida maldita de los mexicanos? ¿No se quejaba el Capitán Ignacio Allende de que el señor Hidalgo arrastraba hacia la guerra a la vil canalla enajenada por el pulque? ¡Pulque, sus señorías! ¡Ya lo he dicho y lo vuelvo a repetir! ¡Los muy Ilustres y Beneméritos Andrés Quintana Roo y Leona Vicario son pulqueros!

La Audiencia suplica a la señora Genoveva Quintana Vicario de García que atempere el volumen de sus gritos y la conmina a...

—¡No son ustedes nadie! ¡¡Nadie, para conminarme a nada!! ¡Conminen primero al señor Alamán a que guarde respeto al honor de mis padres y a la memoria de mi señora madre! ¡Pretender envilecerlos de un modo tan ruin, tan bajo y de manera tan obvia, no se entiende sino por la personalidad acomodaticia y rastrera de un hombre que ha traficado con el dolor y la muerte de los mexicanos! ¡De un ser despreciable que se sumó a la República Independiente toda vez que los peligros habían cesado! El señor Alamán arguye que su largo periplo por Europa fue en pos de conocimientos y nuevas ciencias. ¡Miente! Su viaje no fue sino una cobarde huída en los peores momentos que ha vivido nuestro México. La hacienda de mis padres produce pulque, sí, pero por encontrarse en la región en la que se encuentra no hay posibilidad de cultivar otra cosa que no sean matas de agave, ¡y forraje para el ganado!, detalle que, con toda malicia, oculta el señor Alamán. La hacienda de Ocotepec es una de las grandes haciendas ganaderas de la región. ¿Por qué no dice entonces, don Lucas, que la hacienda de mis padres alimenta a los mexicanos? Produce pulque, naturalmente, pero también es una hacienda de labor que da sustento a decenas de familias de artesanos, campesinos y ganaderos. Pero aceptemos, por un momento, sus señorías, que mis padres son "pulqueros", como lo quiere el oprobioso señor Alamán. Pues yo le digo a usted, don Lucas Alamán, y se lo digo en la cara, pensando en sus propios hijos, que prefiero yo a un padre pulquero que a uno

asesino, porque sus manos están todavía tintas en sangre...
¡en la sangre de don Vicente Guerrero...!

La Audiencia suplica ahora al señor Alamán que modere sus voces y sus modos pues no es ésta la manera de dirigirse a una dama.

—¡Esa amonestación sería válida si me encontrase frente a una dama, pero esta... mujer, esta digna hija de su madre, la Vicario, esgrime argumentos ofensivos y falaces, sin ningún sustento! ¡Bastante me he defendido y de manera más que satisfactoria he comprobado mi nula participación en el complot que le costó la vida a Vicente Guerrero! ¡Nunca me gustó Guerrero, es cierto! ¡Jamás convine con su gobierno ni con el origen de éste! Antes bien podría yo apuntar aquel dicho que dice que "el que a hierro mata, a hierro muere". ¡Porque a punta de lanzas, de bayonetas y de fusiles fue como don Vicente Guerrero reclamó el poder para sí, cuando éste había sido otorgado de manera legítima por la ciudadanía al General Gómez Pedraza! ¿¡Qué tengo yo que ver, señora, con el traidor Picaluga!? ¿¡Qué tengo yo que ver con las secretas acciones, reprobables en todo sentido, del señor Anastasio Bustamante!? ¡El haber sido Ministro en su gabinete no me convierte en su cómplice, de la misma manera que su padre no es cómplice de Iturbide por haber sido Ministro de éste! ¡Exijo a usted, no como mujer, pues sé bien que sus enaguas la protegen de muchos requerimientos, no como mujer, repito, sino como ciudadana, exijo de usted una disculpa!

—¡Misma disculpa que yo le exijo por haber llamado a mis padres "pulqueros"! ¡Tal vez usted haya salido incólume de las acusaciones recibidas! ¡Pero sabrá Dios qué caminos siguió usted para torcer la justicia, cosa bien fácil, por desgracia, en esta nación! Si es usted culpable o no, sólo Dios y su conciencia lo habrán de saber. ¡Pero que mis padres han vivido siempre en la rectitud, en la decencia, en la lucha por sus ideales y en el santo camino de la libertad y el bienestar de México, eso es algo público y conocido, tanto como para que usted no pueda arrastrar su nombre en el fango de la calumnia llamándoles, vilmente, "pulqueros"! Mis padres querían un México libre, mientras que usted ha añorado siempre la época colonial, como si ésta hubiese sido la suma de todas las bienaventuranzas. ¿No se ha atrevido usted a llamar la guerra de Conquista, una "Santa Cruzada"?

—Que nos libró de la barbarie india, por supuesto, y nos trajo orden, instituciones y progreso, mismos que demolieron, sin miramiento alguno, Hidalgo y Morelos para desgracia de estas tierras. No se pueden destruir, señores, los basamentos de un edificio sin contar con el diseño de una nueva estructura.

—Y supongo que Hernán Cortés llegó hasta estas tierras con "grandes diseños, proyectos y nuevos basamentos".

La Audiencia no comprende aquí la presencia de Cortés.

—La señora Genoveva, que no está dispuesta, por lo visto, a desperdiciar la oportunidad de lanzarme una aburrida retahíla de incoherencias, se referirá, seguramente, a mi siempre manifiesta admiración hacia la figura heroica del Conquistador.

—¡Pero claro que lo ha admirado usted! ¡¡Si el ser usted apoderado legal de su descendiente, el tal duque de Terranova y Monteleone, le ha permitido seguir usufructuando los beneficios de la rapiña!!

—¡¿Pero se puede saber, hermana, qué haces aquí, dando voces sin sentido y presentando semejante espectáculo en una audiencia pública, cuando nuestra madre aún está tendida en su lecho de muerte?! ¡Jamás has logrado templar tu ánimo, Genoveva, lo cual te enorgullece pues es mucho el gusto que sientes al ser comparada con mamá! ¡Pero lo de mamá era carácter, mientras que lo tuyo es capricho y berrinche vulgar!

—¡Dolores! ¡Como tu hermana mayor, te prohíbo terminantemente...!

Esta Audiencia considera que la señora Vicario de García pretende prohibir demasiadas cosas a demasiadas personas en el lugar y en el momento menos indicado. Suponiendo entonces que el voto del señor Alamán y de la señora Quintana son en contra y a favor, respectivamente, para la causa seguida, los conmina a dar por terminadas sus estériles discusiones que ningún bien público conllevan, y se retiren. Y suponiendo que la interpelante es la señorita doña Dolores Quintana Vicario, hija menor de doña Leona, la conmina a emitir su voto de manera expedita y la exhorta en el sentido de que no habrán de ser tolerados nuevos argumentos infamatorios en contra, no sólo del señor Alamán, sino de cualesquiera persona que se presente en esta Audiencia.

No es mi intención, señores, ofender aquí a nadie. El único interés que me mueve es el de suplicarle a mi hermana

Genoveva que regrese al lado de mi madre y al consuelo de mi señor padre. Te lo suplico encarecidamente, hermana.

La señora Genoveva Quintana Vicario de García reprime su enojo y dignamente se levanta y hace mutis, sin dirigirse una última vez a esta Audiencia. El señor Alamán declara entonces:

Ya lo dijo el gran médico francés, el Doctor Tissot: "Lectoras de novelas a los quince, histéricas seguras a los veinte".

La Audiencia se sorprende ante la tenacidad del señor Alamán por mantener un espíritu rijoso y se preocupa al mismo tiempo por las nuevas palpitaciones que aquejan al señor Licenciado Rodríguez Sánchez, a la espera de un nuevo estallido, ahora por parte de doña Dolores Quintana. Sin embargo, ésta, con toda tranquilidad, toma asiento ocupando el lugar de su hermana.

HABLA DOÑA MARÍA DOLORES QUINTANA VICARIO, SOLTERA E HIJA MENOR DE DOÑA LEONA VICARIO Y DEL MINISTRO QUINTANA.

Líbreme el Cielo, señores, de poseer un carácter desbordado e irascible. Líbreme el Cielo, señor Alamán, de ser una histérica, a pesar de las lecturas que he hecho en mi vida, y líbreme el Cielo, por siempre, de tener que cruzar una palabra, aunque sea de una hipócrita cortesía, con su señoría.

La Audiencia se sorprende de que el gran orador que es don Lucas Alamán se haya quedado sin palabras ante la serenidad de la señorita Quintana.

No he vivido yo, señores, las atribuladas vidas de mis padres, ni he sabido de persecuciones, hambre o miseria, ¡ni siquiera he nacido yo en una cueva como le tocó en suerte a mi hermana Genoveva! Pero tampoco he crecido, durante mi infancia, en la opulencia. Nací cuando mis padres vivían desterrados en Toluca. Sí, en Toluca, pues a esa ciudad fueron enviados por el señor virrey Apodaca, toda vez que el gobierno colonial se negara a sufragar los gastos para enviarlos a España, destino original de su exilio. Yo nací como mujer mexicana. Tal vez de las primeras nacidas como tales. Al ir creciendo e ir tomando conciencia de quién era yo hija, supe de las enormes carencias que aquejaron a mi familia durante aquel destierro y durante los incipientes años de la República. Pero lo supe después, repito. Jamás lo sufrí pues siendo una niña no requería para ser feliz más que de los juegos en casa y los cuidados de mi madre. Un niño, cuando tiene frío sólo desea ser cubierto, sin importarle que las telas que cubren su cuerpo sean finos terciopelos y sedas o burdos tejidos de lana. Yo fui cubierta con sarapes y con mantas de lana mal cardada, pero fui cubierta y protegida del frío y con eso me basta. Sé que mis abuelos paternos y maternos fueron hombres y mujeres de gran lustre y alcurnia. Sé que mis padres son poco menos que héroes de México. Todo eso lo sé pero no me importa pues yo he vivido con mis padres, ¡mis padres! ¡No con los herederos de grandes nombres ni riquezas, ni con los héroes beneméritos de esta patria! Mis padres, señor Alamán, no han pregonado jamás su condición ni precisan hacerlo. Y perdóneme usted que no le profese el menor cariño, la menor consideración, más que aquella a la que me obliga su edad y el trabajo que ha realizado por esta patria que yo, a diferencia de mi hermana, jamás habré de escatimarle. Pero por desgracia no puedo dejar de reprocharle que, estando mi señor padre en peligro de muerte, y estos son los recuerdos de una niña angustiada, señores, siendo mi padre, repito, perseguido por los esbirros de Anastasio Bustamante, y no teniendo mi señora madre otro remedio que ir a suplicarle al traidor por la vida y la seguridad de su esposo, usted, y le suplico no lo niegue, se burló de una mujer asustada e indefensa. Es conocida y hasta legendaria la valentía y el coraje de mi madre. Es sabido que siempre honró su nombre de Leona. Pero aquella mujer que acudió llorosa a suplicar por la vida de su esposo no era ni una guerrillera ni un oficial del ejército y no era, ni siquiera, la joven fogosa y audaz que luchara veinte años antes en las filas de la insurgencia. La mujer a la que usted hizo objeto de sus burlas era, en primer lugar, una mujer mexicana, una dama, una mujer de edad, si bien no anciana, es cierto, pero era, sobre todo, mi madre. ¿Qué pensaría usted, señor Alamán, si su señora madre, la respetable doña María Ignacia Escalada, amiga personal de don Miguel Hidalgo, no hubiese sido protegida por éste en aquel terrible ataque a la Alhóndiga de Granaditas en Guanajuato y sí, en cambio, hubiese sido ofendida de mala manera? ¿Qué habría hecho usted, don Lucas?

La Audiencia pregunta si la señorita Quintana Vicario hace referencia al espinoso asunto del pleito público sostenido entre su señora madre y el declarante, aquí presente, cuando éste minimizó los actos heroicos de

155

doña Leona Vicario al decir de ella que había actuado "confundiendo amor con patriotismo y llevada por motivos romancescos".

A eso me refiero, en efecto. El señor Alamán borraba así de un plumazo, como por lo visto está acostumbrado a hacer, las razones y las acciones de mi señora madre, al compararla, de manera altamente despreciativa, con una vulgar heroína de novela romántica.

La Audiencia pregunta al señor Alamán si desea dar respuesta a la señorita Quintana para zanjar de una vez por todas este asunto, o si por el contrario desea dejar el asunto en paz y dar por terminada su declaración.

Mi famoso "pleito público" con la señora Vicario fue zanjado, no por mí, sino por ella misma, con la respuesta que, de manera tan expedita, como romancesca, publicó en los diarios. Ya ni siquiera recuerdo el escrito de doña Leona. Yo ya he olvidado todo el asunto.

El Licenciado Rodríguez Sánchez, tal vez disfrutando por primera ocasión su papel de auditor, saca de un cartapacio, con un ligero toque de malicia, la carta publicada en el diario El Federalista y que las anteriores declarantes, las señoras Ganancia y Peña, dejaron en poder de esta Audiencia.
Sin que nadie se lo pida, y tal vez abusando de su posición oficial, el Licenciado Rodríguez Sánchez da lectura a dicha carta:

LECTURA QUE HACE EL SEÑOR LICENCIADO RODRÍGUEZ
SÁNCHEZ DE LA CARTA PUBLICADA POR DOÑA LEONA VI-
CARIO EN EL DIARIO EL FEDERALISTA, EL DÍA 2 DE ABRIL
DE 1831, EN LA QUE RESPONDE A LAS BURLAS DEL SEÑOR
DON LUCAS ALAMÁN.

Muy Sr. mío de toda mi atención: en el Registro Oficial del
14 de éste, contestando Ud. a los Federalistas, me lleva de
encuentro sin saber por qué, tachando mis servicios a la patria de heroísmo romancesco, y dando a entender muy claramente que mi decisión por ella sólo fue efecto del amor. Esta
impostura la he desmentido ya otra vez, y la persona que la
inventó se desdijo públicamente de ella, y Ud. es regular que
no lo haya ignorado; mas por si se le hubiese olvidado, remi-
to a Ud. un ejemplar de mi vindicación que en aquel tiempo
se imprimió, en donde se hallan reunidos varios documentos
que son intachables y que el empeño que he tenido en paten-
tizar al público que los servicios que hice a la patria no tuvieron más objeto que el verla libre de su antiguo yugo, lleva la
mira de granjearme el título y lauro de heroína. No: mi amor
propio no me ha cegado nunca hasta el extremo de creer que
unos servicios tan comunes y cortos como los míos puedan
merecer los elogios gloriosos que están reservados para las
acciones grandes y extraordinarias. Mi objeto en querer des-
mentir la impostura de que mi patriotismo tuvo por origen el
amor, no es otro que el muy justo deseo de que mi memoria
no pase a mis nietos con la fea nota de haber sido una atro-
nada que abandoné mi casa por seguir a un amante. Me parece inútil detenerme en probar a Ud. lo contrario pues además de que en mi vindicación hay suficientes pruebas, todo
México supo que mi fuga fue de una prisión, y que ésta no la

originó el amor, sino el haberme apresado a un correo que mandaba yo a los antiguos patriotas. En la correspondencia interceptada no apareció ninguna carta amatoria, y el mismo empeño que tuvo el gobierno español para que yo descubriera a los individuos que escribían con nombres fingidos prueba bastantemente que mi prisión se originó por un servicio que presté a mi patria. Si cree Ud. que el amor fue el móvil de mis acciones, ¿qué conexión pudo haber tenido éste con la firmeza que manifesté ocultando, como debía, los nombres de los individuos que escribían por mi conducto, siendo así que ninguno de ellos era mi amante? Confiese Ud., Sr. Alamán, que no sólo el amor es móvil de las acciones de las mujeres: que ellas son capaces de todos los entusiasmos, y que los deseos de la gloria y de la libertad de la patria no les son unos sentimientos extraños; antes bien suele obrar en ellas con más vigor, como que siempre los sacrificios de las mujeres, sea el que fuere el objeto o causa por quien los hacen, son más desinteresados, y parece que no buscan más recompensa de ellos que la de que sean aceptados. Si Madame de Staël atribuye algunas acciones de patriotismo a la pasión amorosa en las mujeres, esto no probará jamás que sean incapaces de ser patriotas, cuando el amor no las estimula a que lo sean. Por lo que a mí toca, sé decir que mis acciones y opiniones han sido siempre muy libres, nadie ha influido absolutamente en ellas, y en este punto he obrado siempre con total independencia y sin atender a las opiniones que han tenido las personas que he estimado. Me persuado de que así serán todas las mujeres, exceptuando a las muy estúpidas, y a las que por efecto de su educación hayan contraído un hábito servil. De ambas clases también hay muchísimos hombres. Aseguro a Ud., Sr. Alamán, que me es sumamente sensible que un paisano mío, como lo es Ud., se empeñe en que aparezca manchada la reputación de una compatriota suya que fue la única mexicana acomodada que tomó una parte activa en la emancipación de la patria.

En todas las naciones del mundo ha sido apreciado el patriotismo de las mujeres: ¿por qué, pues, mis paisanos, aunque no sean todos, han querido ridiculizarlo como si fuera un sentimiento impropio en ellas? ¿Qué tiene de extraño ni ridículo el que una mujer ame a su patria y le preste los servicios que pueda para que a estos se les dé, por burla, el título de heroísmo romancesco? Si ha obrado Ud. con injusticia atribuyendo mi decisión por la patria a la pasión del amor, no ha sido menor la de creer que traté de sacar ventaja de la nación en recibir fincas por mi capital. Debe Ud. estar entendido, Sr. Alamán, que pedí fincas porque el Congreso Constituyente, a virtud de una solicitud mía para que se quitara al consulado de Veracruz toda intervención en el peaje porque no pagaba réditos, contestó: que el dinero del peaje lo tomaba el gobierno para cubrir algunas urgencias y que yo podía pedir otra cosa con qué indemnizarme, porque en mucho no podrían arreglarse los pagos de réditos. ¿Qué otra cosa, que no fueran fincas, podía yo haber pedido? ¿O cree Ud. que hubiera sido justo que careciera enteramente de mi dinero al mismo tiempo que tal vez servía para pagar sueldos a los que habían sido enemigos de la patria?

Las fincas de que se cree que saqué tantas ventajas, no había habido quien las quisiese comprar con la rebaja de una tercera parte de su valor, y yo las tomé por el todo: la casa en que vivo tenía los más de los techos apolillados y me costó mucho repararla. De todas las fincas, incluyendo en ellas el capital que reconocía la hacienda de Ocotepec que también se me adjudicó, sólo sacaba la nación al año 1,500 pues que, como Ud. ve, es el rédito de 30,000 y con eso se me pagaron 112,000. Si Ud. reputa esto por una gran ventaja, no la reputó por tal aquel Congreso, quien confesó que mi propuesta había sido ventajosa para la nación.

Me parece que he desvanecido bastantemente las calumnias del Registro. Espero que mis razones convenzan a Ud., y que mande insertar esta misma carta en el referido periódico para que yo quede vindicada y Ud. dé una prueba de ser justo e imparcial: lo que además le merecerá la eterna gratitud de su atenta y segura servidora que sus manos besa.

Una vez concluida la lectura de la carta de doña Leona Vicario se le pregunta a don Lucas Alamán si desea agregar algo.

No deseo agregar nada más que no sea el silencio pues quédame claro que en estos momentos de ánimos exacerbados, nada de lo que yo diga habrá de satisfacer ni a la audiencia ni a la señorita doña Dolores. Básteme preguntar a sus señorías el por qué ha sido tan conocido y publicitado este engorroso asunto que, comparado a los graves conflictos que vive nuestra nación, resulta pueril y hasta anecdótico. Repito la pregunta: ¿por qué se conoció tal asunto? Se conoció, señores, porque yo no impedí la publicación de la carta de doña Leona, aun a sabiendas de que se convertiría en un arma frecuentemente utilizada en mi contra por las facciones liberales. No preciso aclarar que, desde el Ministerio del Interior, tenía yo en mis manos la posibilidad de conocer de manera previa lo publicado en *El Federalista*, a pesar de ser éste un periódico independiente. Así que pude optar por la posición cómoda, pero cobarde, de ordenar que se archivara la tan llevada y traída carta. Es más, pude haber iniciado desde la palestra de *El Sol*, el diario oficialista, una serie de ataques escritos que abonaran la discordia, pero me abstuve de hacerlo. Tal vez mi error imperdonable fuera el no haber publicado una disculpa a la señora Vicario, pero creí que con darle el derecho de réplica, permitiendo la publicación de su escrito, cumplía yo con los términos que la caballerosidad impone.

La Audiencia quisiera saber cómo es que el señor Alamán hubiese podido censurar una publicación independiente.

—Me extraña mucho la ingenuidad del planteamiento. Repito que estamos hablando del Ministerio del Interior, cuyos brazos pueden ser muy largos, señores. Pero en fin, que las opiniones son como las olas del mar: van y vienen, crecen y se desvanecen. No es mi interés ahondar más en este asunto y deseo dar por terminada mi declaración, toda vez que la señorita Quintana así me lo permita.

—Lo permito y lo agradezco, aunque quisiera, don Lucas, hacerle una última pregunta. ¿Insiste usted en la idea de que mi madre vivió, por un mero gusto romancesco, hambre, persecuciones y se refugió en cuevas y en establos tan sólo para emular a las heroínas folletinescas? ¿No cree usted, señor Alamán, que es demasiado sacrificio para pensarlo tan sólo como un delirio novelesco? ¿Insiste usted en que mi hermana Genoveva, nacida en una cueva, fue llamada así en honor de Genoveva de Brabante?

—Siempre lo he creído así. Es conocido que la protagonista de aquella historia vivió destierros y persecuciones y que, al igual que su señora madre, vivió con su pequeño hijo en una cueva de los bosques alemanes.

—Perdone usted la irónica sonrisa que se dibuja en mis labios, pero sus creencias particulares me obligan a exponerlo a usted, con todo respeto, ante sus ideas preconcebidas y su falta de interés por conocer los hechos tal y como ocurrieron. ¿Sabe usted cuál es la fecha de nacimiento de mi hermana Genoveva?

—Lo ignoro.

—Mi hermana nació un 3 de enero, un gélido 3 de enero en una cueva perdida de Dios, a mitad de la sierra. El 3 de enero se celebra, en nuestro santoral católico, a santa Genoveva. ¿Lo ve usted, don Lucas? Los afanes romancescos que usted atribuye a mi madre no son más que el cabal seguimiento a la tradición de nuestra santa religión. Desconozco el año en que nació usted, pero bien podría asegurar que nació un 18 de octubre, día en que se celebra a san Lucas Evangelista, ¿me equivoco?

—No. En efecto, nací un 18 de octubre.

—¿Y por ello se habría de considerar a su madre, la señora Escalada, como una "víctima de algún delirio romancesco", si fuera el caso de que algún héroe literario se llamase Lucas? Usted, mejor que nadie, nos ha enseñado, señor Alamán, a seguir el método científico en nuestros pensamientos. Sígalo usted en sus deducciones.

La Audiencia esperaría una nueva andanada de sarcasmos por parte de don Lucas Alamán, pero se sorprende ante la respuesta del mismo.

Puedo constatar, señorita Dolores, que en su buen criterio honra usted a su padre. Procuraré seguir su consejo. Y ahora, señores, me retiro, que bastante se ha extendido mi presencia ante ustedes. Le reitero mis más sinceras condolencias, doña Dolores. Desearía yo que, a mi muerte, mis hijos supieran defender mi nombre y mi honra como usted y su hermana lo han hecho de su señora madre. Y eso, criar hijos respetuosos y amorosos, es, desde mi punto de vista, una de las mayores virtudes de los padres. ¿Lo ve usted? Éste es un reconocimiento que hago a doña Leona Vicario. Queden con Dios sus señorías.

Toda vez que se ha retirado don Lucas Alamán, la Audiencia suplica a la señorita Quintana que narre cuál fue la suerte de sus padres al disgregarse el Congreso del Anáhuac y caer preso el General Morelos.

La pregunta que me hacen, señores, plantea, como todo en la vida, dos caminos a seguir. El camino llano y simple de la verdad o el camino sinuoso de la invención y la imaginería. De mi madre aprendí que el primero es siempre el mejor. Por lo tanto, debo decirles que mi respuesta será, por necesidad, corta y precisa. Ignoro muchos de los aspectos que rodearon los últimos momentos de la vida del Congreso del Anáhuac, así como los previos a la captura del señor Morelos. Por consiguiente, ignoro también de los escabrosos escondites que mis padres tuvieron que seguir y encontrar para salvar la vida. Dicen los italianos que *Se non è vero è ben trovato*, esto es: "Si no es verdad está bien contado". Que a esta máxima popular se atengan los novelistas, los cuentistas, los fabuladores y sí, algunos historiadores también, quienes no tienen empacho en decir que, siendo tan confusas las acciones de los protagonistas de nuestra Historia y encontrándose dichas acciones, además, inmersas en una nebulosa de cientos de posibilidades y circunstancias, el historiador debe también inventar una realidad que cuadre y haga justicia a las expectativas de los lectores. *Se non è vero è ben trovato.* No estoy de acuerdo en ello. Si no es verdad, mejor no contarlo; si no hay certeza, mejor no escribirlo. Que sean otros los falsarios y éstos sí, romancescos, que se inventen situaciones, nombres y hasta diálogos que sabrá Dios si tuvieron, al menos, la posibilidad de ser dichos. Lamento si mis palabras los desilusionan, pero los hechos conocidos son muy escuetos. ¿Cuántas veces no leyó mi madre un artículo, una nota o una historia acerca de ella misma sin que yo le escuchase gritar sorprendida: "¿¡Qué yo hice qué!?" ¡Cuánto han reído mis padres por la famosa Genoveva de Brabante y el nombre de mi hermana! Cuánto ha reído mi señor padre al enterarse del nombre de la cueva en que su primogénita nació, de su precisa y exacta localización geográfica e, inclusive, del estado actual que guarda la tal cueva misteriosa, ¡si él mismo no sabe en dónde se encuentra ese lugar! Si mis padres hubiesen conocido de los caminos por los que deambulaban, habrían buscado una posada, no una cueva, se los aseguro. Por oídas supo mi padre que se encontraban cerca de Nanchistitla y por eso escribió una cuartetita que decía, más o menos: "En Nanchistitla nació una indita americana que se llama Genoveva y se apellida Quintana…", o algo así, ya no recuerdo bien… Si es que él escribió esto. Es todo lo que sé de la dichosa cueva. Algunos mencionan Achipixtla, otros Tlatlaya y muchos más los habrá, insisto, en que conocerán la precisa localización del lugar. ¿Pero cómo encontrar una cueva en específico, a mitad de las sierras, si lo que abundan en éstas son, precisamente, las cuevas? ¿No es verdad que al General Guadalupe Victoria se le conocía con el mote, a veces cariñoso, a veces insultante, de "General Cuevitas" por haber vivido éste entre las cuevas de la sierra veracruzana? ¿Y habrá quien se atreva a decir con voz engolada y con dedo señalante: "En esta cueva vivió el General Victoria"? Retomando el adjetivo utilizado por el señor Alamán, toda esta manera de ver el asunto me parece romancesca, como si mis padres, queriendo emular a Atala y al salvaje Chactas del libro de Chateaubriand, hubiesen preferido, por decisión propia, ese destino. A eso es a lo que han dado en llamar ahora Romanticismo. Pero bien poco románticos son los avatares que llevaron a mis padres a esas condiciones. Bien poco románticos son los fusilamientos, los asesinatos, las traiciones y las delaciones que se dieron ante la final captura del señor Morelos en Tehuacán, lugar al que mis padres ya no pudieron llegar. En aquella locura última, cuando el Congreso del Anáhuac naufragaba y se hacía añicos tal y como lo puede hacerse un barco entre las rocas, mis padres permanecieron en Michoacán y de ahí, a vivir a salto de mata, perseguidos por los soldados que los acorralaban como una hambrienta jauría. Bien poco romántico debe ser el vivir en medio de los bosques y los campos, con las ropas desgarradas, oliendo a sangre, a sudor, a orines, deponiendo los estómagos al aire libre, entre los matorrales y las zarzas. ¿Qué tendrá de romántico o de aventurero comer higos, zapotes o changungas verdes, robadas de algún árbol, para después largar el cuerpo en diarreas interminables?

La Audiencia da la razón a la declarante y no considera...

Dicen, señores, que la maternidad es un estado de gracia en el que la mujer debe cuidar su cuerpo dos veces más de lo que está obligada a hacer naturalmente, pues cuida un cuerpo ajeno. ¿Qué puede tener entonces de romántico, de novelesco, el ir cargada del vientre en medio de maizales y sentir cómo las ortigas le laceran a uno los pies y las piernas, las manos; sentir cómo esas plantas ponzoñosas le queman a uno la carne como si fueran dedos de fuego, como si fueran las garras, heraldos de los realistas, que parecieran decirles: "Estamos a punto de atraparlos, de cazarlos como animales, como bestias salvajes". Ustedes, queridos señores, se imaginan en todo esto a una Leona Vicario vestida, aunque de manera sencilla, con limpieza y pulcritud, seguramente, y a un don Andrés Quintana Roo con su chaleco, sus zapatos y, por qué no, inclusive con plastrón, a mitad del bosque. ¿Y por qué no habrían de imaginarlos así? Si a esa imagen nos lleva el velo natural que nos colocan, en los ojos de la mente, el pudor, la prudencia y el respeto. ¿Quieren saber a ciencia cierta cómo transcurrieron esos dos años? Quítense entonces el velo del pudor, señores, y vean a dos seres humanos, no a dos beneméritos de nada, viviendo una vida salvaje. Imagínense a don Andrés Quintana Roo, no como magistrado de la Suprema Corte de Justicia, imaginen ustedes a un hombre, a un joven, descalzo ya, con los pies cuajados de llagas supurantes, con la piel reventada por el salpullido, con la barba de semanas y meses, crecida sin concierto alguno; imaginen a un joven que, tal vez, ha recibido el lengüetazo de alguna filosa bayoneta y cuya herida apesta a sangre muerta y a pus. El joven no se ha bañado en semanas, tampoco...

A la Audiencia le queda claro...

E imaginen ustedes a una mujer que ha lavado, durante meses, su rostro en sudor y en lágrimas secadas al sol, que rompe fuentes, a mitad del monte, y ve entonces cómo la tierra a sus pies se convierte en lodo, lodo de su sangre y de sus entrañas. Imaginen que el joven la toma, la carga en vilo y lo único que encuentra para guarecerse es una cueva fría y húmeda y que tendrán que compartir, seguramente, con tejones, con ratas y zarigüeyas, ¡siendo ellos los intrusos! Y sigan imaginando a esta joven, despojada del pudor marital, pariendo con el auxilio, no de una matrona sabia y entrenada, sino de su esposo, nervioso y asustado. La mujer rasga aún más sus faldas para limpiar a su pobre hija, que ha nacido como han vivido sus padres en los últimos años: entre la tierra, la sangre y los humores propios de nuestro cuerpo. ¡Imaginen el frío del invierno en esa cueva! ¡La pobre criatura bien pronto tendrá los labios amoratados y empezará a toser y a respirar forzando sus inflamados bronquios luchando contra el cierzo! Y más aún: ¿tendría que defender aquella pobre parturienta a su hija recién nacida de ser mordida por alguna alimaña rastrera? ¿Y el hombre? Debe encontrar madera que no esté mojada por el congelado rocío para encender, ¿¡y con qué combustible!?, una fogata para darles calor a sus dos mujeres. ¿Y cómo esperar que de aquellos senos maternos surja leche dulce y tibia que alimente a la criatura, si aquella mujer, en los últimos tiempos, no ha conocido más que amarguras, tristezas y sólo ha bebido la hiel de la vergüenza y la traición? ¿Eso es lo que quieren escuchar, señores? ¿Eso es lo que tanto les intriga? ¿De esta manera quieren que se hable del señor Quintana Roo y la señora Vicario? Tal vez, señores, por eso preferimos los seres humanos el camino sinuoso pero aminorado del novelista, que nos hace menos burda la realidad para que ésta no nos escueza tanto. Por eso, tal vez, preferimos la narración del fabulador quien sabrá, con maestría, dulcificar lo amargo, moderar lo violento, lavar de sus páginas, con cubetadas de palabras limpias, los olores de la podredumbre y los excrementos, así como lo ruin y bajo de la supervivencia humana...

Sí, entendemos que...

Un hábil escribidor exaltará el valor y el coraje y esconderá el miedo, la angustia y todo aquello que vaya en merma de la imagen heroica que pretenda lograr. Un hábil escribidor logrará pulimentar las facetas del melodrama, de la acción y del valor y dejará obscuros, como obscuros lo son, los despojos, los agravios y lo vergonzante que pueda atenuar nuestra admiración por el objeto de su narrativa. Pero yo, señores, no soy novelista, no invento historias ni cuentos y poco sé de las argucias literarias de los escribidores. Sólo Dios sabe lo que mis padres vivieron y lo que ambos se llevarán a la tumba, mi madre en primer lugar. Ninguno de ellos ha sido proclive al lamento ni a la autocompasión y por ello jamás han contado, mucho menos a sus hijas, las terribles circunstancias en que vivieron en esos tiempos. Y creo que han hecho bien. Deben ser los suyos unos recuerdos tan lacerantes, tan oprobiosos, tan infinitamente humanos, que es mejor guardarlos en la propia memoria, pretendiendo que se vayan borrando, mezclando con otros más tenues, más felices, más civilizados. Pero les suplico que me permitan hacer uso de una maña de novelista para concluir con este asunto. He utilizado, sin mucha gracia, la metáfora del barco despedazado entre las rocas al perder de vista, tal vez por una tormenta espesa y cerrada, el faro que debía guiarlo a puerto. El navío pues llamábase "Congreso de Chilpancingo". El timonel era don José María Morelos quien se hundió, como debía hacerlo, junto a su propio barco y cada uno de los maderos rotos, cada uno de esos fragmentos mal calafateados, son los cadáveres desperdigados de quienes tomaron parte en aquella saga. Aquel pedazo enmohecido y sangrante del mástil es Galeana; aquel otro que asemeja una balaustrada del castillo, Matamoros; ése otro pedazo de no sé qué parte, es el General Bravo; aquella tabla, que bien pudo pertenecer a una bodega o tal vez fuese el mismo bauprés del barco, era el General López Rayón. Pues bien, esos otros dos maderos, partes tal vez de la lanzada, que resistieron el impacto y quedaron unidos por una ligera capa de brea, eran mis padres, lanzados a la deriva, contra el arrecife, obligados a vivir y a sobrevivir juntos a mitad de la nada, a mitad de la incertidumbre y del miedo. ¿Les parece más amable esta narración, señores? ¿La prefieren así? ¿Llena de metáforas tramposas y melodramáticas que nos señalan una tragedia, sí, pero jamás una tragedia realmente humana y lacerante? ¿Qué más quieren saber? Y sobre todo, ¿en qué tono lo quieren escuchar?

La Audiencia agradece a la señorita María Dolores Quintana sus sinceras palabras y le agradece, no sin cierto pudor destrozado, las últimas metáforas. La Audiencia nota también el pasmo y el llanto que se ha apoderado de todos los presentes.

¡La niña tiene razón!

Se escucha la voz de un anciano que se acerca por entre el público y se presenta a sí mismo:

Me llamo Manuel de la Concha y serví, hace muchos años, a su abuelo, don Gaspar Vicario, como su cajero, señorita.

HABLA PUES, DON MANUEL DE LA CONCHA.

Fíjese usted, señorita Quintana, señores miembros de esta Audiencia, lo curiosa que puede ser la vida y cómo desde muy contrarios lugares se puede estar, aunque esto parezca difícil de entender, en el mismo bando y al servicio de las mismas personas. Me explico. Yo no serví, y no estoy renegando con estas palabras de mi pasado, yo no serví, repito, ni a la causa insurgente ni a la causa realista, con todo y que el destino me llevase a ser nombrado, inclusive, Capitán de las Fuerzas Peninsulares. Yo serví, como criado fiel, a los Vicario. No se asombre, señorita, pues que le digo la verdad. Usted no conoció a su abuelo, don Gaspar Vicario, en toda la extensión de la palabra y, por razones muchas, un gran caballero.

La Audiencia agradece al señor De la Concha sus palabras, pero...

La Audiencia habrá de disculparme pero yo no hablo con la Audiencia, sino con la señorita Quintana. ¡Qué gran caballero fue don Gaspar! Yo era joven en ese entonces. Muy joven. ¡En realidad, hace cuarenta años todos éramos jóvenes! Inclusive su abuelo, aunque esta palabra de por sí conlleva una idea de senectud, era un hombre joven, mientras que su madre, la señorita Leona, era también una pequeña criatura, a quien sería imposible imaginar como una revolucionaria a los pocos años después. Yo era, no sé si lo he dicho ya, cajero al servicio de don Gaspar Vicario y él era, no tengo que decirlo, de ideas conservadoras. No se podía ser, y perdonen mi tono jocoso, miembro de la familia Fernández de San Salvador y no ser, inclusive, reaccionario. Desde entonces admiraba yo la fortaleza y el temple de carácter de su señora madre y aún puedo decir que siendo don Gaspar padre de tres hermosas jovencitas, tenía una especial predilección por la querida niña Leona. Como contable que fui de su señor abuelo estuve al tanto, naturalmente, de sus rentas, ingresos y negocios. Una vez muerto don Gaspar, los señores Fernández de San Salvador, don Agustín y don Fernando, solicitaron mis servicios. Lo hicieron hasta que el mundo estalló en mil pedazos, hasta que la locura y el desenfreno se salieron de madre, como un río caudaloso, rompiendo todos los diques de la razón conocidos entonces. Y la guerra, la gran devoradora, me llamó a sus filas. No tengo que explicar qué bando elegí. Me sumé a las fuerzas realistas. Pero fíjese usted, señorita Quintana, cuál fue mi destino dentro del ejército conservador: localizar a su madre, ofrecerle protección y el indulto del Virrey, nada menos. Y así entendía yo que mi misión en la vida, tal y como lo declaré al principio, era la de servir a la familia Vicario. Escuchaba yo hace unos momentos, porque lo reducido del espacio no da lugar a la prudencia, su narración acerca de los avatares de mi niña Leona y su esposo don Andrés en los bosques y en las cuevas. Hace usted bien, señorita Dolores, en no dar vano seguimiento a las conjeturas esperadas por todos. Básteme decir, sus señorías…

La Audiencia agradece que el declarante ahora sí se dirija a ésta, objetivo principal de nuestra presencia.

Básteme decir, repito, que lo que yo encontré en aquellas cuevas fueron unos fantasmas, unos espectros espantables de lo que antes habían sido seres humanos. Su hermana Genoveva, señorita Dolores, no había nacido aún. La feroz cacería de los fugitivos no se había redoblado con la inquina con que después lo harían mis vengativos jefes. Encontré a su señora madre en uno de sus remotos refugios, ya no recuerdo por dónde. En Michoacán, eso sí con toda seguridad. Le hablé de mi buena ley y de mi lealtad hacia la familia Vicario. Le hablé del cariño que le profesaba desde que era una pequeña niña. Le hablé y, como era de esperarse, ella escuchó. Pero no escuchaba mis razones. En realidad preparaba sus argumentos que, de tan brillantes, me resultaban incomprensibles, bruto como siempre he sido si me comparo con los legos, y que iban en el sentido de rechazar cualquier propuesta de indulto, ya no digamos de rendición. La visité por segunda y tercera ocasión y sí, debo decirlo, su templanza fue disminuyendo en cada una de mis visitas hasta llegar, como buena Vicario que era, ¡a amenazarme con mandarme fusilar!, no sólo a mí, ¡sino también a mis mensajeros! Yo, debo decirlo, jamás me sentí ofendido, pues descubría en ella a la misma imagen de don Gaspar Vicario quien al encontrar, por ejemplo, tan sólo un error en los libros contables, un balance mal hecho o un ingreso o egreso no señalado, ¡me amenazaba con mandarme colgar de la torre mayor de Catedral y exponer mi cuerpo, atrapado en un cepo, a mitad de la plaza pública! Y no me río por ser mi espíritu servil, sino porque no podía yo dejar de disfrutar los gestos tragicómicos que realizaba don Gaspar cuando salía de sus cabales. ¡Pues lo mismo su señora madre! Dicho esto con todo respeto, naturalmente. Sus mejillas se arrebolaban con la sangre que se le subía a la cabeza, su voz adquiría magnitudes operísticas y su cabello se encarrujaba igual que si hubiese sido tocado por un poderoso rayo. ¡Una Erinia y no menos es lo que tuve yo enfrente en aquellas ocasiones! ¿Y todo para qué, señores? ¡Todo para terminar disculpándose por su mal carácter, para ofrecerme alguna fruta silvestre mal lavada como aperitivo y preguntar por la salud de mi familia! Así era Leona Vicario. Se encendía como aquellas cerillas de azufre que estallaban de súbito, lanzando pestilencias, y así como se encendían se apagaban.

Aunque debo confesar, no sin un mote de alegría, que mis subalternos y emisarios podían jurar, sobre la misma Biblia, que sí sentían sus vidas amenazadas por aquella digna hija de los Vicario.

¿La Audiencia debe suponer por tanto que la señora Vicario jamás aceptó un indulto?

No, hasta el año del 17, por lo menos. Usted aún no es madre, señorita Dolores, pero cuando lo sea, si es que el Cielo así lo dispone para usted, habrá de entender todo esto que le digo. Cuando uno vive en soltería, sin mayor compromiso que la propia subsistencia, no sólo se aceptan, sino además se buscan los riesgos de la vida. Pero un hijo nos cambia por completo toda perspectiva. Como bien he dicho antes, el matrimonio Quintana Vicario rechazó cualquier indulto, ya sea que llegase por mi conducto o por el del brigadier Ciriaco de Llano o por el del Coronel don Matías Martín y Aguirre. Todos fueron rechazados y algunos, como el Coronel Martín y Aguirre, inclusive engañados por su señor padre quien pretendió fingir aceptar un amplio indulto de parte de éste si juraba fidelidad al rey. ¡Pero cuál! ¡Don Andrés pretendía tender una celada a los realistas! Por fortuna, o por desgracia, según se vea, la traición nos acompaña siempre y, en este caso, realizó sus menesteres a favor de don Matías y en contra de su señor padre. Al paso de los años, las funciones legislativas y políticas de don Andrés opacaron, quizá, sus grandes dotes como poeta. Pues debo decirle, doña Dolores, que bien poco de poéticas tenían las respuestas que don Andrés daba a los mensajeros. Eso sí, con un temple más morigerado, el cabello no se le encarrujaba y sus palabras no olían a azufre como las de su señora madre. Pero debo dejar, porque la ocasión así lo amerita, este tono socarrón. Todas estas negativas para aceptar los indultos ofrecidos no hicieron otra cosa, como creo que ya lo he señalado, que atizar el fuego y el encono hacia sus señores padres. Y entonces sí, señorita Dolores, se inició la persecución más atroz de la que yo haya tenido noticia, hacia dos civiles. Porque es necesario anotar, sus señorías, que eso eran los señores Quintana Roo y Vicario: ¡civiles! No eran guerrilleros, no. No eran militares, no ostentaban grados del ejército y dudo que cualquiera de los dos haya empuñado jamás una pistola. Pero es que sus armas eran mucho más peligrosas. Sus armas eran las palabras; sus pensamientos, sus bayonetas y sus preclaros razonamientos eran esgrimidos con la misma maestría con la que un espadachín maneja el florete. Una bala que ha entrado, intempestiva, a un cuerpo, puede ser, si no ha destrozado algún órgano vital, sustraída por un hábil cirujano. Y la herida sana. Un corte en el pecho, proferido por una lanza, si no se ha insertado ésta en el corazón, puede sanar. Y las heridas sanan y cicatrizan, se encarnan y hasta se olvidan. Pero las palabras, los escritos, las ideas son inmunes al metal y a la pólvora. Las ideas surgen y crecen en el mundo de lo intangible y en ese mundo van tomando forma, van capturando conciencias, van generando acciones hasta que restallan, revientan con la fuerza de mil cañones, con el poder de cientos de barriles de pólvora, socavando toda resistencia y toda prevención. Y por eso sus padres eran tan peligrosos, señorita, porque no tenían otras armas más que las de la inteligencia. Un Hidalgo, un Galeana, un López Rayón empuñaron la espada, la pistola, los puñales. Sus padres tan sólo empuñaron la palabra y por eso había que callarlos, que borrarlos del mapa. Un soldado muerto es una bala menos, un grito de combate menos es tan sólo abono para la sepultura, otro huésped, anónimo, en la fosa común. Y por eso hay tantos soldados. Pero un ideólogo, un ideólogo como lo fue y lo es su padre, como lo fue su señora madre, es el peor enemigo con el que puede contar cualquier contrincante. Y por eso, ya lo he dicho, ya lo ha dicho usted, la persecución fue implacable. Porque no se perseguía a dos guerreros, porque no se perseguía a dos militares. Porque se perseguía a una idea. A la idea más peligrosa y al mismo tiempo más grandiosa que pueda existir: la idea de la libertad.

Mientras que la señorita María Dolores Quintana, conmovida por las palabras del señor De la Concha, lo abraza de manera filial y éste le besa las manos, la Audiencia se apercibe de las palabras que llegan desde la mesa tercera de un declarante hasta ahora no identificado.

¡Andrés Quintana Roo era un cobarde! Lo fue desde entonces y lo sigue siendo y su mujer, a quien ustedes buscan honrar con tanta sinrazón, no fue más que una histérica que respondía a las veleidades de su sexo. Y no me importa que ya lo haya dicho el señor Lucas Alamán, como menos me importan los argumentos en contra, aquí dados. Los dos fueron unos cobardes. Como cobardes lo fueron Hidalgo y Morelos. También Allende y todos los que se acogieron a los indultos reales, delataron planes y compañeros. Porque Hidalgo, como decimos vulgarmente, se fue de lengua, al igual que Morelos y hasta López Rayón. A Allende, a pesar de que le mataron a un hijo durante su captura, también lo venció la debilidad del necio. Y lamento si la señorita que declara en la primera mesa es hija del señor Quintana Roo, pero que se entere de que su padre aceptó finalmente un indulto y besó las manos y los pies del Rey y, si lo dejan, hasta el trasero real hubiera besado...

La Audiencia llama al orden al público aquí presente y le pide al beligerante que declare su nombre.

Beligerante soy pues beligerante me hizo la vida, que no he encontrado en ella más que guerras, obstáculos y afanes. Mi nombre es Vicente Vargas y era yo Coronel del Ejército Realista en la región de Temascaltépec cuando apresé, ya muy amansadita, a la señora Vicario.

Llegó la señora Vicario con una hija en brazos y con un marido que se había ido por peteneras puesto que, ya lo he dicho, era un cobarde que abandonó a su hija y a su mujer en el rancho de Tlacocuspa.

En la mesa uno de declaraciones, la señorita Quintana Vicario hace la siguiente aclaración:

Muy poco me interesa debatir con nadie y menos con un militar de baja estofa, pero debo aclarar que mi padre jamás abandonó a mi madre ni a mi hermana. Firmó un indulto, sí, con una fecha muy previa a su partida, sólo en caso de que alguna emergencia se presentase. El hombre aquel declara a mi padre cobarde...

En la mesa dos el señor de la Concha continúa la argumentación:

—Pero cobarde no lo era, señores. Era, en todo caso, previsor, y si dejó a doña Leona y a la pequeña Genoveva lo hizo impelido por la necesidad extrema de encontrar al General Ignacio López Rayón para que llegara en auxilio de su familia.

—Para salvar a la familia de uno hay que tomarla en brazos, afrontar los peligros juntos y no pretender el refugio en las enaguas de nadie.

El de la mesa tres sigue declarando:

177

Ya para entonces se encontraban los prófugos ocultos en el rancho de Tlacocuspa, en la sierra de Tlatlaya, y uno de los tantos insurgentes indultados, cobarde, como es natural en estas gentes, delató el paradero del matrimonio. Y hacia allá me dirigí, jefaturando a veinte de mis dragones...

La señorita Quintana agrega:

—No con "sus" dragones, señores, ¡sus perros!

—Lo que guste y mande. Yo cumplía mis órdenes y lo hacía muy bien. Al parecer, el "valeroso" Quintana Roo pergeñó con mala caligrafía y con poca gracia, que habla muy mal de su fama de escritor y poeta, por cierto, pergeñó, decía yo, una solicitud de indulto y, debo reconocer, con mucha habilidad también, fechó la tal solicitud como si la hubiese escrito con varios días de anticipación. Y sólo por eso, cuando la prisionera estuvo ante mi presencia, después de habernos trasladado del rancho de Tlacocuspa al pueblo de San Pedro Tejupilco, me vi impedido de hacer lo que debía haber hecho en mis facultades de militar y Comandante en jefe de la zona: pasarla por las armas y entregar a la niña a un orfanatorio, a un convento o a los perros, que a mí me daba lo mismo...

La señorita Quintana inquiere:

¿Debe la Audiencia escuchar declaraciones tan groseras?

Debe la Audiencia recoger los testimonios sin juzgarlos como elevados o groseros, a favor o en contra.

Sólo eso faltaría. Que no pueda yo expresarme libremente como cualquier otro ciudadano. Pero así son los mal llamados liberales: plañideras en sus derrotas y gritones de feria en sus triunfos. Si hacen callar al oponente, lo hacen en pos de la Libertad y la Patria. Pero si los acallados son ellos gritan y aúllan cual marranos en rastro...

La Audiencia suplica al declarante Vicente Vargas que modere, si no sus juicios, sí la manera de externarlos, que mantener el respeto a los pareceres del público en general es la primera consigna de esta Audiencia.

Como quieran, que todo esto, finalmente, ya es agua pasada por debajo del puente. Tan sólo quiero señalar que la pretensa a Benemérita bien callada se quedó cuando su marido, enterado ya de su aprehensión, no hizo el menor intento por presentarse...

En la segunda mesa, acota el señor De la Concha:

Todavía pasó algún tiempo para que don Andrés se enterara del hecho pues no sabía, además, que su antiguo jefe y ahora compadre, Ignacio López Rayón, se encontraba, si no preso, sí tan perseguido como ellos mismos.

Y en la primera mesa apunta la señorita
Quintana:

—Y finalmente, a pesar de lo que el señor aquel sostenga, mi padre, temeroso de la vida y el bienestar de su familia y a sabiendas de que él, por ser varón y por sus ligas más que conocidas en los más altos niveles del ejército insurgente, podía ser fusilado de inmediato, se presentó ante quien, ahora me entero, está aquí para vilipendiarlo.

—¡Se presentó tan sólo porque yo hice esparcir los rumores de que su esposa había sido maltratada y vejada!

—¿¡Pero cómo se atreve!?

La Audiencia prohíbe tajantemente al declarante Vargas el expresarse de esas maneras y continuar con su espíritu agresivo y falto de criterio y caridad, recordándole que la señora Vicario acaba de fallecer no hace más de dos días y que la declarante, aquí presente, es su propia hija.

—Como quieran. Pero sólo he querido apuntar la cobardía del señor Quintana Roo pues llegando firmó todas las solicitudes de indulto y perdón habidas y por haber. Se dio a la tarea de declararse fiel servidor de Su Majestad, respetuoso de la Monarquía y la Iglesia y lloró como un niño ante la posibilidad de ser presentado ante el paredón...

—¡Mi padre no lloró porque jamás lo he visto llorar, a excepción de las horas pasadas, frente al cadáver de mi madre!

—Su padre lloró, besó el real trasero y pidió perdón por su insurgencia...

Apunta el declarante De la Concha:

¡Yo he sido su superior y lo sigo siendo, aún en el retiro, Coronel Vargas, y no he recibido, ni recibí jamás, un reporte tan falsario como estúpido! Señores auditores, es cierto que el señor Quintana Roo suplicó por la vida de su familia, mas no por la suya. Inclusive llegaría a escribirle al Rey de España, Fernando VII, quien ya había regresado, naturalmente, de su exilio, que su mujer fue siempre leal al más digno de los monarcas y que si alguna vez uniose a la insurgencia fue por haber sido secuestrada. Ya me dirán ustedes si no son medidas extremas las que se toman cuando una persona es movida por el amor paterno y marital. Por otra parte, Coronel Castaño, recibirá usted a mis padrinos para responder, con su vida, al honor pisoteado de la señora Leona Vicario y de la señorita aquí presente. Si es usted incapaz de responder como militar y como caballero, ¡responda entonces como hombre!

Cuando la Audiencia mira estupefacta cómo se levanta el declarante de la mesa dos y se dirige al de la mesa tres para darle una cachetada con guante blanco, y cuando la declarante de la mesa uno, la señorita Quintana, trata de impedir el tal hecho y, aún más, cuando el Licenciado Rodríguez Sánchez, seguramente sintiendo un nuevo desvanecimiento, saca de su escondite el cono de azucarillos comprado anteriormente al garapiñero y se mete en la boca un buen puño de dulces y los mastica con fruición, un hombre desconocido sale de entre el público y golpea al de la mesa tres, ante la sorpresa del de la mesa dos y el terror de la de la mesa uno.

La trifulca, hija de cualquier desorden, se enseñorea una vez más en esta Audiencia. El de la mesa tres bien podría morir linchado si no estuviesen prontas para ayudarlo las fuerzas del orden. Pero, inexplicablemente, la intervención de éstas no es necesaria.

Por la puerta principal aparece una figura, cuya sola mirada sirve para apaciguar tan abruptos excesos. Los que no participan en la trifulca de manera directa callan las voces, y se quitan los hombres sus sombreros y las mujeres se persignan. Los que golpean al de la mesa tres dejan de hacerlo. Éste, junto con el de la mesa dos, callan los insultos y guardan respetuoso silencio. La declarante de la mesa uno, la señorita María Dolores Quintana, dirige la mirada hacia la entrada principal y acalla un grito de sorpresa.

Todos han reconocido ya al señor Ministro de la Suprema Corte de Justicia, don Andrés Quintana Roo. Su delgada figura, su mirada triste y profunda, así como el espíritu trágico que en esta ocasión lo acompaña, es suficiente para que todo movimiento cese y toda voz guarde silencio. Discretamente, los señores militares Manuel de la Concha y Vicente Vargas se retiran. Más tarde esta Audiencia habrá de considerar como a favor el voto del primero y en contra el del segundo.

Al acercarse don Andrés a estas mesas de declaraciones, los auditores aquí presentes, a excepción obvia del escribano, se ponen de pie y guardan un respetuoso silencio.

La señorita Quintana Vicario cede su asiento al señor Ministro y queda de pie, a sus espaldas, manteniendo una prudente pero atenta distancia.

HABLA DON ANDRÉS QUINTANA ROO, MINISTRO DE LA SUPREMA CORTE DE JUSTICIA Y HOY VIUDO DE DOÑA LEONA VICARIO.

—Debo agradecer a sus señorías, al Honorable Ayuntamiento de esta ciudad, los esfuerzos y trabajos que realizan para honrar la memoria de mi señora esposa. Les suplico que hagan extensivas estas palabras de agradecimiento a los titulares de… de los diferentes Ministerios que tan atentamente han manifestado su pesar haciéndome llegar sus gentiles condolencias. Debo agradecer también el celo gubernamental con que se han cuidado los alrededores de mi casa. Agradezco al… al Departamento del Distrito Federal el que…

—Padre…

—Deseo agradecer también a los amables ciudadanos que se han acercado a estas mesas para declarar su amor hacia mi señora esposa, doña Leona Vicario, quien seguramente…

—Padre, le suplico a usted…

—Agradezco al Congreso de la Nación, a las… las sociedades de Ciencias y de Historia así como a los representantes de…

—Señor padre, no es necesario, venga usted conmigo, se lo suplico.

—¡Sí, hija! ¡Es necesario! ¡Siempre es necesario! ¡Yo necesito…! Necesito… debo… quisiera…

La Audiencia se declara incompetente para conminar al señor Quintana Roo a concluir su declaración y tan sólo manifiesta el sentido de solidaridad que la embarga…

Leona está muerta. Mi Leona está muerta... O al menos así lo anuncian la quietud y el silencio que reinan en nuestra habitación. Tanto, que si no fuera por el interminable desfile de dolientes, los cientos de arreglos florales y coronas fúnebres que inundan nuestra calle, no podría yo creerlo. Mi Leona está muerta. No deberían los maridos enterrar a sus esposas y menos cuando éstas han sido compañeras, cómplices, amigas. Jamás habría pasado por mi mente, ni en mis peores pesadillas, vivir este infierno. Y he vivido infiernos. Pero me doy cuenta, a través de esta prueba insoportable, que el infierno no es la guerra ni las persecuciones, los heridos, las batallas políticas, ni las prisiones. No. El infierno es la desolación. El infierno es el silencio repentino que se apodera del alma. En el infierno no hay llamas ardientes y luminosas ni calores extraordinarios. El infierno es frío. Frío como frías están las manos de Leona, como el frío que emana de su cuerpo. El infierno, jamás lo había pensado así, es un paraje solitario, yermo y helado. El infierno es el lugar donde no crece nada, donde nada nace y nada florece. El infierno se ha asentado en las manos de mi Leona de las que todo nacía, crecía y florecía. El infierno es el silencio en los labios de Leona, y el silencio habla porque un ser maligno ha colocado un candado en sus labios y después ha tirado la llave en el más profundo y obscuro pozo del vacío. En el infierno no vive la Palabra, no existe la luz. El infierno es la obscuridad, aquella que ha asesinado la luz en los ojos de Leona. Durante muchos años y en situaciones muy adversas me dije, de una manera que hoy descubro absolutamente frívola: "Estoy viviendo un infierno. ¡Estoy en el infierno!". Dante tomó de la mano a Virgilio para descender al averno. ¿Quién me iba a decir que Leona misma me llevaría de la mano? Porque me ha bastado tomar la mano de Leona para conocer aquel páramo agreste que es, en realidad, el Reino de la Nada. Pero, aún así, eso es lo único que me queda de Leona. Y por eso vengo a suplicarles, a rogarles, a exigirles que continúen por siempre con estas audiencias. Que retrasen hasta el fin de los tiempos el veredicto, que poco me importa su resultado. ¡Demoren su labor! Sean ustedes como el infortunado Sísifo y suban la piedra de las declaraciones hasta la cima del monte y déjenla después rodar de nuevo hasta el valle y así eternamente. Les suplico, entonces, no me quiten a mi Leona, no la lleven de mi lado. He vivido muchos infiernos, sí, ¡pero los sobreviví por ella y con ella! ¡No me pidan vivir sin su compañía uno nuevo y desconocido! Déjenla, se los ruego, en donde está. Permítanme velar su cuerpo hasta el fin de mis días, del mismo modo en que lo hago ahora, pero ya, por piedad, sin tantos rumores a mi alrededor, sin tantos ruidos de tacones y zapatos que van y vienen por los corredores y que semejan a los moscardones de verano y perturban el sueño de Leona. ¡Quiero volver a mi vida pasada! Quiero encontrar en mi casa tan sólo las flores que Leona haya cortado de algún macetón. ¡No quiero flores fúnebres! No quiero más cartas, condolencias, pésames, guardias a mi puerta ni carrozas; no más oficios, peticiones, salmos, responsorios, rosarios, sahumerios, cirios, veladoras, plañideras. Quiero que mi casa se pinte otra vez de color, pues desde hace dos días el negro ha sentado sus reales. Quiero que se quiten los negros crespones, los negros moños, los negros manteles. Quiero ver a mi Leona vestida de blanco, de azul, de verde, aunque no se mueva, aunque no se levante más y sus ojos no brillen, aunque sus labios permanezcan cerrados y en sus manos no florezca ya la vida y se muestren así, enjutas y yermas. Todo, porque permanezca a mi lado. Todo, porque no me la arrebaten. Por eso vengo a suplicarles, sus señorías, que retrasen su labor. ¿Qué más le da a la gente asistir a un funeral fastuoso o no? ¡Que vayan a la ópera o al circo si quieren ver un espectáculo! ¿Qué más le da al señor Presidente un nuevo acto conmemorativo? ¡Que entierre su pierna con honores militares si quiere, pero que no quiera enterrar a mi Leona! ¿Qué debo hacer, señores, para que me entiendan, para que escuchen mis súplicas? ¿Qué debo hacer, señores, para que no me la quiten? ¡Le he dado todo a mi patria! ¡Todo! ¡La vida misma le daría! La vida misma le daré, si es preciso, ¡pero no la de Leona! Nada he pedido a cambio y nada pido tampoco. Tan sólo suplico, ruego, imploro de rodillas que no me quiten a mi Leona, a mi Leona, mi esposa amada…

La Audiencia recuerda, en estos momentos, la previa declaración de María de Soto Mayor, criada de la señora Vicario, y entiende ahora sus palabras pues en efecto nunca nadie había visto llorar a un Benemérito de la Patria, ni se había visto a un héroe en tal grado de desvalidez. Y tal vez ése sea el sentir de todos los presentes quienes, de manera respetuosa, abandonan la sala. Los miembros de esta Audiencia nos levantamos discretamente de nuestras mesas para dar privacidad al señor Quintana Roo. Su hija, doña María Dolores, lo ayuda a ponerse de pie y lo conduce, a paso lento, hasta la salida.

Es inútil señalar que esta Audiencia considera prudente dar por terminada esta segunda jornada de testimonios. El Licenciado Rodríguez Sánchez, compungido como nunca lo habíamos visto, es quien hace la tal propuesta, aceptada por todos los miembros de la Audiencia e, inclusive, por los pocos declarantes que han permanecido en la sala.

Los miembros designados de este H. Ayuntamiento firman de conformidad el acta presente.

SE LEVANTA LA SESIÓN.

Tercera jornada de testimonios
Día 24 de Agosto de 1842

Iniciando la cotidiana sesión, a las diez de la mañana en punto, sorprende a esta Audiencia el hecho de que, a diferencia de los días anteriores, muy poca gente se acerca a estas mesas a ofrecer testimonio. La incógnita es esclarecida por el mismo Licenciado Rodríguez Sánchez, quien llega con casi cuarenta minutos de retraso aduciendo que la calle aledaña a la Alameda se encuentra cerrada al paso de peatones y eso ha originado su demora. Explica entonces el Licenciado Rodríguez Sánchez, entre resuellos y bufidos, que no espera una mayor afluencia el día de hoy toda vez que el pueblo, unido en masa, se apersona rápidamente en la Alameda para atestiguar una nueva ascensión aerostática del ilustre aeronauta mexicano don Benito León Acosta quien cuenta, según el Ministerio de Relaciones y Gobernación, con el privilegio exclusivo por tres años para que nadie si no él pueda verificar ascensiones en la República. Y una de esas extraordinarias ascensiones se dará precisamente el día de hoy a medio día. Y por la tarde, toda vez que se han iniciado las construcciones del que será el fastuoso Teatro Nacional, el señor Presidente General López de Santa Anna ha mandado organizar diversas funciones operísticas a beneficio del mismo proyecto en construcción. Por lo tanto, concluye el Licenciado Rodríguez Sánchez, entre la nueva odisea aerostática de don Benito León Acosta y la esperada función, en el Teatro de los Gallos, de la graciosísima ópera *La Cenerentola*, esto es *La Cenicienta*, del querido compositor Rossini, y para la que la sociedad entera ya se emperifolla galantemente, no debe esperar esta Audiencia una presencia notable de público y concluye, meditando de manera pesimista, que la muerte de una Benemérita no tiene el mismo arrastre de taquilla que una buena comedia o un espectáculo que raya en lo circense.

Entonces, el Licenciado Ortiz Vega, de la mesa tercera, se apercibe de la entrada del General Valentín Canalizo y suplica a sus colegas de las mesas primera y segunda que le permitan atender a tan distinguido declarante. Sus compañeros acceden con gusto, toda vez que el Licenciado Rodríguez Sánchez, de la primera mesa, aún no recupera el aliento y el Licenciado Góngora Malpica, de la segunda mesa, apenas termina de comerse unos tamales y tomar un champurrado, cosa, es cierto, no bien vista por los otros oficiales.

HABLA EL GENERAL VALENTÍN CANALIZO, ESFORZADO MILITAR Y EX GOBERNADOR DEL ESTADO DE MÉXICO.

Presumo, a juzgar por el ánimo de los señores auditores, y por los tamales que aún se comen, que soy el primer declarante del día. Mucha mesa puesta para platillo tan pobre… En fin. Soy militar y, como tal, procuro ser llano y hablar sin rodeos. Mi voto es en contra de cualesquiera de las causas seguidas en favor de esa señora a quien yo, francamente, no guardo más respeto que el que se le debe a una mujer por condición de su sexo. Y dicho esto, debo agregar que mucho me molesta que, con tanto ruido, mi nombre sea traído a cuenta, tanto en los días presentes como futuros, como "el gobernador con el que la Vicario se peleó por unas ovejas". ¡Lástima de tanto esfuerzo realizado para que sea yo mencionado o recordado por ese engorroso y estúpido asunto!

El Licenciado Rodríguez Sánchez, de manera sibilina y harto imprudente puesto que no atiende la mesa del declarante, argumenta desde su lugar:

¡Y no sólo por eso, señor General, sino por haber instruido la causa de la sentencia de muerte y el fusilamiento de don Vicente Guerrero! Gracias a ello obtuvo el grado que ahora presume.

Antes de que el señor General Canalizo se defienda de propia mano, el Licenciado Ortiz Vega ataja la discusión.

¡General, le suplico! Le suplico que haga caso omiso a las tales palabras que, le aseguro yo a usted, no constarán en actas y nos platique el, en efecto, engorroso y estúpido asunto de las ovejas de la señora Vicario. Para usted, señor General, toda mi simpatía y consideración, se lo aseguro.

El General Canalizo retoma su declaración.

La dicha señora Vicario estuvo cercana siempre a la mezquindad y a la soberbia. Ya se sabe que la única ocasión en que le ha sido permitido a una mujer dirigirse al Congreso fue aquella en la que se le dio la palabra a la señora Vicario. ¿Y qué hace la tal señora en esa ocasión? ¡Lanza una perorata lacrimógena recordando sus múltiples servicios a la patria y exige a los señores diputados una compensación! Y no conforme con las muy altas recompensas, que finalmente obtuvo, todavía vería satisfecha su soberbia cuando, en 1827, el miope Congreso local del Departamento de Coahuila, decide, de manera unilateral y equivocada, llamar a la Villa de Saltillo, Ciudad Leona Vicario. ¡Tamaño despropósito! Ya el Congreso Nacional emitió una advertencia al local, en el sentido de que tal honor sólo podía recaer en alguna persona fallecida pero, sabiendo Dios qué obscuros intereses perseguían aquellos legisladores, se cierran a las razones de toda lógica y justicia y se empeñan en su afán.

El Licenciado Rodríguez Sánchez, rijoso, vuelve a interrumpir.

—¿No será tal vez, General, que quisiera usted que la ciudad de Toluca se llamase "Ciudad Canalizo"?

—Un militar jamás ha de cruzar sus armas con un civil y menos con un civil abotagado y obtuso como lo es usted, evidentemente. ¿Por qué he llamado al asunto "tamaño despropósito"? Porque la ciudad de Valladolid fue nombrada "Morelia", ¡un año después de que se le diera ese honor inmerecido a la señora Vicario! ¿Pues no ha sido el señor Morelos el maestro, el guía, la inspiración y la luz que iluminó el camino de la señora Vicario y de su esposo, como tanto proclaman? ¿Por qué no ha hecho esta señora claudicar a los legisladores coahuilenses en su afán, toda vez que ella misma sabía de la imposibilidad legal de llevarlo a cabo? ¡O mejor aún! ¿Por qué no pidió que, en lugar de Ciudad Leona Vicario, la Villa de Saltillo fuese nombrada Villa Morelos o Ciudad Morelos? ¿A quién admiraba más la señora Vicario? ¿A Morelos o a ella misma? ¡A ella misma, señores, no nos hagamos tontos! ¡Que bien pronto y de manera muy zalamera agradeció al Congreso de Coahuila el dicho nombramiento!

"Y aquí entra el asunto de las ovejas", apunta, salivando, el Licenciado Ortiz Vega.

Aquí entran las ovejas, efectivamente. Viene a resultar que, encontrándose la hacienda de la señora en territorios del Estado de México, se dirige, no a un alguacil, no a un jefe de oficina, tampoco a un legislador local, no, ¡se dirige nada menos que al señor Gobernador para quejarse, amargamente, de un embargo que le hacen de unas ovejas por una cantidad adeudada de trescientos pesos! La señora ésa, su... Benemérita, le debe a no sé quién trescientos pesos y como no puede pagarlos, le embargan unas ovejas, ¡y ella se queja con el gobernador! ¿Es ése un comportamiento digno de una Benemérita, de una mujer que ha sido bendecida con el hecho de que la ciudad capital de un departamento lleve su propio nombre? ¡Por favor, señores! ¿No le había pagado ya lo suficiente la patria como para que todavía me reclame a mí los setecientos pesos, no trescientos, no, que según ella valían sus miserables ovejas? ¿Tendría que encargarse un señor Gobernador de un asunto tan baladí? ¡Sólo a una mujer como ella podría ocurrírsele! Pero así fue siempre. Ahí está el asunto del famoso pleito con don Lucas Alamán. Todo se originó porque un par de oficiales del gobierno del honorable Anastasio Bustamante fueron a buscar a su marido hasta su casa, para requerirlo acerca de unos insultos que se habían lanzado desde el periódico *El Federalista*, propiedad de los señores Quintana, hacia gente muy honrada del gobierno. ¡La que armó la señora! Según ella, viendo amenazada su vida y la de su esposo, ¿fue a hacer una denuncia a alguna agencia ministerial? ¿Buscó ayuda con alguno de los magistrados de la Suprema Corte o alguno de sus muchos amigos legisladores? ¡No, señores! ¡La señora entró a gritos a Palacio Nacional, nada menos, exigiendo hablar con el mismísimo Presidente de la República! ¡¿Pero quién coños se creía esta señora que era para ir a gritonearle al señor Presidente por una supuesta amenaza o exigirle al Gobernador del Estado de México que se ocupara de esas malditas ovejas del carajo?! Todo esto demuestra que la señora Vicario jamás abandonó la visión que tenía de sí misma de noble y aristócrata. ¡Muchos títulos en su familia! Muchos "Pontificios", muchos "Reales", "Marqueses", "Magistrados", "Beneméritos", ¡mucha importancia dada a la tal señora! ¿Ustedes ven a una ciudadana común y corriente entrando a Palacio Nacional, haciendo el paseíllo, llamando a gritos al Presidente? ¡No, señores! Sólo la "sobrina del Rector", la "hermana de la Marquesa", sólo la "tía del Ministro de Guerra", ¡sólo "la esposa del Magistrado" se daría tales aires!

"¡Bien dicho!", apunta Ortiz Vega, para agregar oportuno: "Porque si la señora Vicario entró a gritos a Palacio Nacional, su marido, el señor Quintana Roo, ¡entró a balazos!"
El Licenciado Ortiz Vega disfruta, sin duda alguna, de aquella mecha que ha encendido.

¡A balazos y a cañonazos de artillería entró el yucateco ése! ¡Porque los yucatecos son unos salvajes, ¿eh?! ¡Todos! Quintana Roo, Lorenzo de Zavala, el tal Manuel Crescencio Rejón y hasta el viejo don Matías, el padre de Quintana Roo, ¡hasta él le entró a los plomazos! ¡Un viejo de ochenta años trepándose por las cornisas de Palacio Nacional! ¿Cómo no se iba a morir inmediatamente después? Dice usted bien, Licenciado. Hace apenas dos años, el 15 de julio del 40, para ser precisos, el "virtuoso" Ministro de Justicia y sus secuaces rescataba de su prisión al General Urrea y asaltaba Palacio, ¡que dizque para capturar al señor Presidente Bustamante!

"¿Y no lo logró?", insiste Rodríguez Sánchez.

Bustamante resistió valientemente…

"Escondido en su cuarto".

¡Pero salvó la vida y salió escoltado por su guardia de dragones!
"Huyó", insiste el auditor.

¡Pero siguió despachando en San Agustín, majadero, que es lo importante! Después de doce días los disturbios fueron controlados y el Presidente continuó al frente del gobierno, para desesperación de aquellas... bestias. ¡La artillería de los rebeldes destruyó toda una esquina de Palacio Nacional!

"Bueno, bueno, algunas ventanitas sí se rompieron, es cierto", concede Rodríguez Sánchez.

¡Y luego el tal Quintana Roo se dice perseguido político por Bustamante! ¡¡Pero si fue él quien se puso a balacear la residencia del señor Presidente!!

"Ahora ya en el exilio", se relame de gusto el auditor, para agregar de inmediato: "Pero, además, ¡el Usurpador se había ido a meter antes a casa de los Quintana y, en ausencia de don Andrés, sus esbirros no se tentaron el corazón para amenazar a la señora Vicario!".

¡Ya he dicho que no responderé a sus rabietas!

"¡Responderá usted a la Historia!", anuncia con dedo flamígero y amenazante el Licenciado Rodríguez Sánchez, quien continúa: "¡Y para que usted se entere, el señor Don Matías Quintana fue, hasta su muerte, un luchador incansable por la abolición de la esclavitud entre los yucatecos, así como por la erradicación del pernicioso clero! ¡¡Gloria a los Quintana...!!"

¡¡Masones de mierda todos ellos!!

"¡Y dale con los masones!", se queja Rodríguez Sánchez.

¡Fueron los masones del llamado Rito Mexicano los que organizaron tan vergonzoso evento! Y habiéndome usted colmado la paciencia, ¡lo reto como civil y como hombre!

Toda vez que la situación sale de cauce, aparecen, de manera tardía cual es su costumbre, los señores agentes del orden público y someten al señor General Canalizo quien se desafana pronto de ellos, tan sólo para gritar antes de salir, imperioso, de la sala:

¡Lo he dicho y lo repito! ¡Vayan mis votos en contra! ¡¡Que alguien le baje los humos, así sea después de muerta, a la señora Vicario!!

El señor General Valentín Canalizo es acompañado hasta la salida de un modo más que cortés, por el señor Licenciado Ortiz Vega. Al pasar el declarante por la mesa uno, el Licenciado Rodríguez Sánchez, de manera un tanto infantil, hay que anotarlo, voltea indignado el rostro hacia otro lado.
Han transcurrido largos minutos antes de que nadie pise esta Sala de Audiencias. El señor Licenciado Ortiz Vega apunta, de manera socarrona, que "éste sí es un verdadero funeral".

El Licenciado Góngora Malpica, de la segunda mesa, quien gusta de filosofar en sus momentos de asueto, habla acerca de la ingratitud de la que sólo conocen los generosos, considerando a esta Audiencia como generosa y como ingratos a todos los que el día de hoy han ido a buscar trabajo y entretenimiento a la Alameda, haciendo lo que hacen los campesinos con el nopal, al que visitan tan sólo cuando éste da tunas. Muy lejos estarán los músicos ambulantes, tañendo y tocando allá, ante la elevación aerostática, sus guitarras, marimbas y chirimías. Harto gozosos se encontrarán los señores charamusqueros, trompaderos y merengueros, agotando, entre la concurrencia, sus charamuscas, sus trompadas y sus merengues, mercados a cambio de volados o de golpes o por intercambio de tlacos y centavos, mientras que aquí el Licenciado Rodríguez Sánchez suspira anhelante por algún jamoncillo o alguna cocada. Se habrán ido también para allá la tamalera y el de las aguas frescas. Y ya en el colmo del ser ingrato, hasta el limosnero le habrá hecho el feo a este H. Ayuntamiento pues por ser lo que es, y además con garrote, buscará un mayor recaudo pensando en aquello de que "a río revuelto, ganancia de pescadores".

Pero a mitad de todas estas cavilaciones, entra un caballero ya de cierta edad que cubre su cabeza con una capa terciada y se dirige, discretamente, hacia la primera mesa. Al mismo tiempo hace lo suyo una mujer que toma lugar frente a la mesa segunda. El Licenciado Rodríguez Sánchez no escucha bien a bien el nombre del declarante pues éste lo ha dicho en muy baja voz, y al ser requerido para decirlo una vez más el hombre se levanta de su asiento y habla al oído al Licenciado. Y algo de interés ha de ser lo que le dice, pues tamaños ojos son los que abre el señor auditor, quien consiente en que no sea leído en voz alta el nombre del declarante si bien éste, por procedimiento, ha de quedar registrado en las presentes actas.

៚

HABLA EL DOCTOR DON VALENTÍN GÓMEZ FARÍAS, PRESIDENTE QUE HA SIDO EN VARIAS OCASIONES DE ESTA REPÚBLICA, ADEMÁS DE VICEPRESIDENTE, MINISTRO Y DIPUTADO.

Les agradezco, señores, que atiendan mi solicitud a la discreción y que perdonen la grave falta de cubrir mi cabeza y mi rostro en tan noble edificio, pero son estos días asaz confusos y uno, verdaderamente, ya no sabe ni cuándo le ha de tocar recibir una medalla o un garrotazo. Me he dilatado en entrar aquí pues he visto cómo salía anteriormente y haciendo gala de publicidad, el señor General Valentín Canalizo, a quien yo mismo juzgué por su actuación en la muerte de don Vicente Guerrero, imagínense ustedes... Hace dos meses habría podido yo encontrármelo, frente a frente, sin temer por mi seguridad. Antes bien, todo lo contrario. Pero al día de hoy no se sabe, no se sabe nada... ¡cualquier día llega a ser Presidente...!

También, casi en secreto, el Licenciado Rodríguez Sánchez cuestiona al Doctor Gómez Farías sobre si sus reservas no son exageradas, toda vez que el pueblo lo quiere y respeta.

Mire usted, señor Licenciado, no lo juzgo así. He sido Presidente interino cinco veces y ésta es, tal vez, la sexta ocasión en que me veo precisado a caminar por esta ciudad de manera incógnita. Esto no es una república Licenciado, esto es un remolino. Además, no soy bienquisto en muchos lados, ¿sabe? A mí no me quiere la Iglesia porque inicié la enajenación de sus bienes; no me quieren los arrogantes académicos de la Pontificia Universidad porque se las clausuré y he convencido al General Santa Anna de formar, mejor, el Ministerio de Instrucción Pública, y a todos esos curitas del carajo les quité el manejo de la educación primaria para dársela a las sociedades lancasterianas, cosa que, finalmente, hará don Antonio la semana próxima. Como no me habrán de querer tampoco todos los malditos tejanos, quienes no me perdonan el encarcelamiento del General Austin. No, Licenciado, no son exageradas mis precauciones. Pero no estoy asustado, se lo advierto. Y aún debo confesarle que la única certeza que tengo acerca de mi futuro es que, todavía después de muerto, habré de esconderme de mis enemigos.

Diciendo todo lo anterior, el Doctor Valentín Gómez Farías vuelve la mirada de un lado a otro como temiendo que sus palabras hayan sido descubiertas por algún indiscreto o algún espía. Y no habrá de juzgarse que esta Audiencia padece de un delirio de persecución si se apunta la alerta que le provoca el hecho de que la mujer que declara en la segunda mesa, no ha hecho otra cosa más que mirar con toda insistencia hacia nuestro embozado declarante.

Pero vayamos al punto, que es la Vicario. Imagine usted en cuánto aprecio la tengo, por no hablar de mi buen An-

200

drés, mi querido amigo y aliado, que me expongo a un garrotazo, si no es que a la herida de una bala, al venir hasta esta Audiencia para dar mi voto a favor a las causas perseguidas. Y en cuanto a los funerales, de Estado habrán de ser, naturalmente, dado el gran servicio que doña Leona ha dado a la conformación del nuestro, que una cosa es que las mujeres no sean consideradas ciudadanas, por razones más que obvias y justificadas, y otra muy distinta es que doña Leona no pudiera haber sido, no sé, ¡hasta Presidenta de la República!, por absurdo que esto se escuche.

La Audiencia no puede dejar de notar las insistentes miradas de aquella mujer sentada en la segunda mesa y el Licenciado Rodríguez Sánchez comenta a este escribidor que no se le pierda de vista, que bien pudiera ser una enviada de los enemigos políticos del Doctor Gómez Farías para hacerle un mal, si no es que asesinarlo.
El Licenciado Rodríguez Sánchez apunta que las faldas femeninas son doblemente peligrosas pues mueven al pensamiento a juzgar a sus portadoras como seres inocentes pero, al mismo tiempo, son perfectos escondites para una daga o una pistola. El Doctor Gómez Farías nota la aprensión del auditor.

¿Qué pasa, Licenciado? ¿Por qué está usted tan agitado? ¿Por qué suda de tal manera y se le dificulta la respiración? ¿Se siente usted bien? Le recuerdo que soy médico. ¿Será que piensa usted que...? No, no, no es nada. Tranquilícese usted, Licenciado. Esos sobresaltos los he vivido muchas veces. Cuántas noches no me he despertado a mitad de una pesadilla escuchando las voces de mis enemigos que me gritan: "¡Muera Gómez Furias!" ¡Já! Eso, en el fondo, siempre me ha hecho gracia, lo de Gómez "Furias".

Sin medir las terribles consecuencias de sus palabras, el Doctor Gómez Farías ha dicho lo anterior en voz alta y entonces, como si el tiempo se suspendiera en una eternidad, aquella mujer de la segunda mesa se levanta de súbito, tirando la silla ante su brusco movimiento, lanza una mirada febril a nuestro declarante, lo señala con vehemencia y se arroja sobre él. Y en este segundo suspendido, el Licenciado Rodríguez Sánchez, de la misma manera en que un moribundo ve pasar su vida entera frente a sí, antes de lanzar el último suspiro, reconstruye en su mente el asesinato de Marat en manos de Charlotte Corday, quien lo ultimara dentro de la bañera. Pero aquel segundo que había estado suspendido en el tiempo, se rompe en un estrépito de cristales y la mujer grita ya hincada a los pies del Doctor Gómez Farías:

¡Es usted! ¡Es usted! ¡Sí! ¡Yo lo sabía! ¡Con tan sólo escuchar su voz!

La Audiencia toma nota del extraño comportamiento de tal señora, además de la amenaza que dicho comportamiento puede representar para la integridad física del Doctor Gómez Farías.

—¡Usted! ¡Usted! ¡Don Valentín! ¡Doctor Gómez Farías!
—¡Señora, le suplico a usted!
—¡Beso sus manos, Doctor!

—Gracias, señora, pero…

—¡Usted es mi padre!

—¿Su padre? No, señora, dispense usted, pero…

—¿¡Cómo no ha de ser usted mi padre si me ha hecho usted nacer por segunda vez!?

—¿Por segunda…? Perdone, pero no entiendo.

—¡Soy yo, Doctor! ¡Soy yo! ¡Edimburga!

—¿Cómo, perdón?

—¡Edimburga Martínez! ¡La monja!

—¿La mon…? ¡Ah! La monja.

—Perdone usted mi arrebato, don Valentín… señor Presidente… ¡salvador mío!

Doña Edimburga Martínez vuelve a sus llantos, mismos que aprovecha el Doctor Gómez Farías para explicar a la referida señora.

—Permítanme, señores. Mi querida doña Edimburga, usted no me debe nada. Su preciada libertad se la debe tan sólo al Imperio de la Ley y de la Razón.

—¡Pero fue usted…!

—He sido yo, tal vez, pero en primera instancia lo fue don Andrés Quintana Roo.

—¡Por eso he venido! ¡Por eso estoy aquí, Doctor! ¡Para agradecer, con mis votos, la libertad!

Mucho agradecería esta Audiencia alguna explicación.

—Procedo a ello, con todo gusto, señores, pero antes, doña Edimburga, debe usted vigilar silencio y cautela, que me compromete.

—¡¡Antes muerta que comprometerle a usted, don Valentín!!

Un nuevo acceso de llanto hace presa de la declarante. El Doctor Gómez Farías realiza grandes esfuerzos para conservar la calma.

—Ocupando yo la Presidencia de la República, he redactado, junto con don José María Luis Mora, por supuesto, la ley que obligaba a la Iglesia a exclaustrar a cualesquiera de sus miembros que así lo pidiesen, toda vez que son ciudadanos mexicanos y no puede existir obligación alguna…

—¡¡Sí…!! ¡¡Así fue…!!

—¡Cállese, por favor! Y se dio el caso, señores, de que aquí, doña Edimburga Martínez, siendo monja en…

—¡En el Convento de San Juan de la Penitencia, señor Presidente!

—Sí, ahí, solicitó su liberación inmediata de los votos eclesiásticos.

Y la Audiencia supone que la Iglesia se lo negó.

Naturalmente. Entonces había yo nombrado a don Andrés Quintana Roo Ministro de Justicia y pues ya saben del carácter y la determinación de don Andrés.

"Lo sabemos bien", replica lacónico el Licenciado Ortiz Vega desde la tercera mesa.

Don Andrés hizo acto de presencia en aquel convento y, esgrimiendo la Ley por un lado y la fuerza del Estado por otro, ha liberado a la señora.

"Pues no sería ésta la primera señora que sacara de un convento", continúa Ortiz Vega con su sarcasmo. El Doctor Gómez Farías, como es propio de los grandes hombres, hace caso omiso a tales comentarios y conmina a la señora Martínez:

Así que deje sus llantos, hija, y proceda usted con su asunto, que muy hermosa es la gratitud.

Más tranquila, aunque gimoteando de vez en vez, la señora Edimburga Martínez se aproxima de nuevo a su mesa, toma asiento y expone su testimonio al Licenciado Góngora Malpica.

HABLA DOÑA EDIMBURGA MARTÍNEZ, MONJA EXCLAUSTRADA.

Yo, Edimburga Martínez, monja exclaustrada del Convento de San Juan de la Penitencia, que nunca ha sido llamado un convento de manera tan cruel y cierta, doy testimonio a sus señorías de lo mucho que debo al señor Presidente de la República, el Doctor don Valentín Gómez Farías, al señor Ministro de Justicia, don Andrés Quintana Roo y a todos los hombres de pensamiento preclaro que me dieron libertad, aun fuera así enfrentando al poder clerical.

¿Y sus votos por las causas establecidas?

A favor.

¿Y el funeral?

De Estado.

¿La señora Martínez desea agregar algo más?

Tan sólo declarar la pasión que ha despertado en mí, desde muy joven, doña Leona Vicario, que el Señor acoja en Su seno. Porque tan sólo quien ha vivido el encierro y la prisión de una cárcel o un convento sabe y conoce el valor de la libertad, sus señorías. Deseo declarar que doña Leona Vicario inspiró a esta pobre e ignorante monja para ennoblecer su mente y acrecentar sus conocimientos, si bien no ha podido ser admitida en ninguna institución de enseñanza superior. Pero declaro que esto no ha sido obstáculo alguno pues si hoy vengo a ofrecer testimonio de gratitud, no significa que ésta no me haya acompañado siempre, en cada lectura, en cada decisión que he tomado en mi vida, así sea tan insignificante como saber qué habré de prepararles de comer a mis hijos. Porque me he casado, Doctor, y he tenido hijos, y aunque ahora soy viuda, mis hijos son mi cobijo y he decidido hacer de ellos un reflejo fiel de la señora Vicario y de usted mismo, don Valentín.

Discretamente, el Licenciado Rodríguez Sánchez se enjuga una lágrima, mientras que el Doctor Gómez Farías se acerca a la declarante y la abraza.

Ha hecho usted muy bien en llamarme "padre", que bien orgulloso me sentiría de que fuese usted mi hija, doña Edimburga, aunque, con todo respeto, yo le habría dado otro nombre. Y ahora debemos irnos, hija, que el cielo se ha nublado y el viento huele a lluvia. La acompaño, hija, la acompaño. Señores…

Los señores auditores se ponen de pie para despedir a los declarantes. Sin embargo, la Audiencia no puede dejar de sorprenderse por el hecho de que, en el preciso instante en que el señor expresidente cúbrese con la capa y pisando apenas la calle, la mujer grita de manera tan estentórea como antes ha llorado: "¡Me llamo Edimburga Martínez, monja exclaustrada! ¡Y protegeré con mi vida a don Valentín Gómez Farías, quien a mi lado viene!".

Los auditores se miran entre sí y el Licenciado Ortiz Vega rubrica, no sin cierta razón: "La seguridad de don Valentín, caballeros, dentro de los muros de este edificio, depende de la autoridad federal que representamos. Pero fuera de ellos es un asunto que compete a las autoridades del gobierno de la capital". Todos asienten con la cabeza, al momento de que se escucha un trueno portentoso, claro preámbulo de un chaparrón inmisericorde que habrá de dar por terminada, seguramente, la fiesta de la elevación aerostática en la Alameda y que habrá de inundar nuestras calles, de manera irremediable, anegándolas de inmundicias.

La tormenta habrá de dar al traste con los zapatos bordados en raso de las damas y con los brillantes calzados de cuero de los caballeros.

La tormenta habrá de dejar sin cobijo a los menesterosos pero, por cuestiones incomprensibles de las leyes de la vida, les dará también una oportunidad de ganarse algunas monedas por cruzar a lomo, como bestias de carga, a todos aquellos a quienes les sobre, precisamente, una moneda y no quieran hundir los pies en el cieno que a ellos, a los menesterosos, el cieno los tiene muy sin cuidado pues viven en él.

La tormenta llevará también efluvios altisonantes a la Cenerentola del Teatro de los Gallos, pero hará reverdecer, eso sí, los jardines de la Plaza Mayor, los límites de la Alameda y los cercanos Bosques de Chapultepec.

Y la tormenta, declarada ya como torrencial por los miembros de esta Audiencia, deja a este edificio del Ayuntamiento más solo y lúgubre que un mausoleo, disculpando el comentario que no pretende sarcasmo alguno.

Por razones que escapan al control de las autoridades, la Audiencia entra en un receso de tiempo indeterminado.

Se reanuda la sesión.
Siendo las cinco de la tarde, y encontrándose la ciudad convertida en una acequia toda ella, pero con la fortuna de que ha cesado el temporal, se escuchan en el exterior de este edificio los ruidos de un coche que se aprecia rico pues consta de varios tiros, muy necesarios y prácticos ante semejantes lodazales. En efecto,

entra a esta sala una distinguida mujer, vestida de negro y con un velo del mismo color sobre el rostro.
De manera curiosa, aquella lóbrega figura ilumina el
rostro de los muy aburridos auditores quienes ya se
entretenían los unos jugando a los naipes o al aje-
drez, y los más elevados a la composición de alguna
Oda Luctuosa a doña Leona Vicario, no vaya siendo
que se ofrezca y haya oportunidad de convertirse en
un autor publicado.

La señora de porte elegantísimo toma asiento y se
presenta.

HABLA LA SEÑORA MARQUESA VIUDA DE VIVANCO, VIZ-
CONDESA DE BOLAÑOS, DOÑA MARÍA LUISA VICARIO
ELÍAS, MEDIA HERMANA DE DOÑA LEONA VICARIO.

He venido a declarar ante la autoridad civil, ya que no puedo
hacer una confesión religiosa toda vez que he perdido la fe.

La Audiencia, un poco cansada, es cierto, tal y como
lo apunta el Licenciado Rodríguez Sánchez, hace ver
a la señora Marquesa que esta mesa no es un confesio-
nario, aunque así lo hayan malinterpretado algunos
declarantes.

Lo sé y lo entiendo. Por eso he hablado de la autoridad civil.
¿No deberían ustedes tomar mis declaraciones? ¿No es esto un
Ministerio Público en donde se pueda delatar y denunciar?

En principio sí, aclara la Audiencia, pero estas mesas...

Vengo a denunciarme a mí misma como a una criminal de lesa majestad por traicionar a mi patria, a mi hermana y peor aún, según mi egoísta modo de pensar, a mi propia conciencia.

Discretamente y aprovechando las lágrimas de la declarante, el Licenciado Rodríguez Sánchez se abotona de nuevo el pantalón, que vuelve así a encarnizarse con su cintura, y hace, junto al resto de los auditores, acopio de paciencia.
Esta Audiencia escucha a la señora Marquesa Viuda de Vivanco.

He sido una viuda muy joven y en dos ocasiones. En dos ocasiones vendí mi nombre y mi conciencia a los mejores postores. Al señor Marqués de Vivanco, en primer lugar, y después a don Juan Bautista de Noriega y Robredo, tan viejo y aburrido como su nombre. Con Antonio Guadalupe, el Marqués de Vivanco, he procreado a mi única hija, la actual Marquesa.

¿Y en ello radica la traición a la patria?, pregunta el Licenciado Rodríguez Sánchez.

No. La traición, que nos rodea constantemente y en ese rodeo nos engaña y nos aturde, ha consistido en abandonar las filas de la insurgencia para sumarme a todos aquellos parias que viven de explotar a los humildes, de vivir como larvas, como parásitos, chupando la sangre y el sudor ajenos.

La Audiencia suplica a la Marquesa que no se flagele de ese modo pues es conocida su labor filantrópica y altruista en diversos orfanatos de la ciudad.

¿Les parece muy piadoso pagar la magra comida y las sucias sábanas de los hijos de quienes han muerto a manos de los tiranos? ¿Tiranos a los que yo atiendo y alimento en mi casa? Esos orfelinatos están llenos de huérfanos de guerra, hijos de soldados muertos en las revueltas comandadas por los inescrupulosos, serviles al poder y al dinero. ¿Qué pensarían de mí si les digo que yo pago el plato de avena sucia que comen los huérfanos de los presos políticos que mandó asesinar mi yerno, José Morán, cuando fue Ministro de Guerra de Anastasio Bustamante? ¿Qué pensarían de mí si supieran que yo pago los sayales rasposos y malolientes de esos huérfanos cuando ese hombre comparte con mi hija sábanas de seda? ¿Y los huérfanos de la insurgencia? ¿Cuántas veces no entregué a un niño, cuyos padres habían muerto en la lucha por nuestra Independencia, a familias pertenecientes al bando contrario? ¡Niños nacidos libres, por el simple hecho de que sus padres lucharon por ello, en manos de aquellos que aportaron, tal vez, la soldada para pagar a los asesinos de sus progenitores!

La Audiencia...

¿Saben ustedes, señores, cuántas veces no revisé, en el pasado, a una pequeña huérfana, recién llegada a los albergues, para encontrar en ella la mirada de mi propia hermana Leona? ¿Para encontrar su misma nariz respingona, su mirada inquietante, el mismo lunar, alguna marca? ¡Algo! ¡Lo que fuera! ¡Cualquier mínimo detalle que me dijese que aquella criatura no era Genoveva, la hija huérfana de Leona! ¡Ustedes no saben de mis pesares y mis vergüenzas! Mi delito es el de traición a la patria, señores, porque antes que a nadie me he traicionado a mí misma, y al traicionar al propio ser se traiciona, por fuerza, todo lo demás: a la patria, a la familia. A mi primo Manuel. ¡Yo misma le preparé su equipaje cuando se fue con Andrés! ¡Yo! ¡La patriota entusiasta enajenada por el afán de honores y gloria! ¡Contagiada por las febriles palabras de Leona, Manuel y Andrés! Bien poco me duró el entusiasmo. Yo misma lavé el cuerpo muerto, picado de balas, de mi primo Manuel. Yo, la Marquesa de Vivanco, quien ha sabido de limosnas y obras pías, sí, pero tan sólo con los extraños, mas no con su propia sangre. Pudo más mi cobardía y el miedo atroz que enfrentamos las mujeres débiles ante nuestro futuro, que mis primeras convicciones y mi conciencia. Mejor asegurar un techo, un buen marido, que arriesgar un ápice. Mejor soportar las flatulencias nocturnas del viejo Juan Bautista que forjarme un destino propio. Mientras que mi hermana deambulaba perdida en la sierra, apostando por su futuro, confirmando y justificando su lugar en este mundo, yo atendía el cansado estómago de Juan Bautista. En buena hora murió. Que Dios… Dios me ha abandonado y por ello me hice débil, cobarde y me he ido consumiendo. Fui la peor de las tres.

¿Las tres?

María Brígida tomó su bandera, eligió su bando y lo ha defendido como una cruzada alucinante y alucinada. Jamás perdió el camino. Y en la ribera opuesta, Leona. Oponentes dignas la una de la otra. Fuertes en sus convicciones. Mientras que yo abandoné mis sueños de rebeldía y ahora soy...

Una Marquesa, eso lo sabe la Audiencia. Pero se le hace ver a la declarante que es válido cambiar de bandera, aunque esto no sea bien visto, es cierto, lo cual no nos convierte en traidores.

Se puede ser una veleta, si se quiere, se puede ser una hoja al viento siempre y cuando eso le cuadre a nuestra conciencia y a nuestra razón. Pero cuando esto no sucede se vive en un marasmo, en un pantano en el que cada vez nos hundimos más y más.

¿La señora Marquesa no se encuentra a gusto con su elevada posición?

La señora Marquesa debe decir que mientras que su hermana y su familia vivían un segundo exilio en Toluca, perseguidos siempre por el Emperador Agustín I, ella era dama de la corte de la Emperatriz. Y no, no se encontraba a gusto. La señora Marquesa debe decir que cuando su hermana y su cuñado celebraban con el General Santa Anna la victoria del Plan de Casamata, ella debía fingir unas lágrimas, nunca sentidas, por el Emperador derrocado y bien ido. La señora Marquesa debe decir también que cuando el entonces joven y digno General republicano Santa Anna dirigía su estrategia amorosa sobre su hija María Loreto, la tercera Marquesa de Vivanco, la segunda Marquesa se apuró en casarla con José Morán, un militar peor que un jabalí. Y la señora Marquesa ha invitado a su mesa a compartir sus vinos y su cocina al traidor Bustamante, a sabiendas de que éste tenía ya en la mira a Andrés Quintana Roo. Cuando se cortaban los filetes y se escanciaban las botellas yo, siempre ausente, siempre angustiada, pensaba de nuevo en aquel viejo terror, nunca muerto, de recibir en un orfanato a mis sobrinas, mientras que alimentaba al anhelante verdugo de sus padres. ¿Encuentran en ello gusto alguno, señores? ¿Pueden ver alguna concordancia entre el espíritu, la razón y los hechos? ¡Cada uno de ellos tirando hacia distintos lados y con el mismo ímpetu! Mi razón me decía, por ejemplo, que debía alimentar mi espíritu cívico leyendo los diarios del país, así fuesen *El Sol, El Federalista* o el *Diario de México*, y eso por no hablar de los periódicos insurgentes. Pero no. Desde entonces y hasta la fecha los hechos me llevan a embriagar mis pensamientos con el *Semanario de las Señoritas Mexicanas*, un periódico "pintoresco, científico y literario", en el que encuentro siempre buenos consejos sobre economía doméstica y moda.

El noble papel de la mujer, señala la Audiencia, es…

Cuando mi cuñado Andrés, junto con otros patriotas, clamaba justicia ante el asesinato de don Vicente Guerrero, yo, la señora Marquesa, era solicitada por mi yerno para enviar algún dinero al asesino Francesco Picaluga a quien, inclusive, el gobierno de Italia lo declaró traidor a su patria y escribió su nombre junto a los de los peores criminales de aquel país. ¿No tendría que estar escrito, en esa lista, mi nombre también? ¿No debería haber corrido yo la misma suerte que aquel infame del que se dice que camina como un loco pordiosero, lo mismo por las calles de México que por

las calles y ermitas de Jerusalén, si no es que se volvió ma-
hometano y ahora vive en Turquía? Cualquiera de los tres
supuestos destinos me cuadraría más que el mío propio.

La Audiencia señala, con toda delicadeza, que tal vez
emitir un voto a favor de los asuntos aquí tratados
puede descargar un poco la conciencia de la declarante, toda vez que busca, además, una penitencia.
¿Desea la señora Marquesa que su hermana sea nombrada Benemérita de la Patria y reciba Funerales de
Estado?

No.

¿No?

Dejen, por favor, que mi hermana se hunda en el océano
y se pierda su memoria. Permitan, se los ruego, que su nombre sea borrado y olvidado, ¡que nadie lo mencione jamás!
¡Que nadie la recuerde! ¡Que nadie sepa de su existencia!

Pe... pero, ¿por qué?

¡Porque Leona es un espejo! ¡Un cruel espejo en el que
me miro y me devuelve la imagen de mi pequeñez, de mi
insignificancia! ¡Porque la imagen que ahí veo me grita lo
pusilánime que he sido! ¡Por eso! ¿¡Tan difícil es de enten-
derlo!? ¡Ese espejo ya está muerto! ¡Ahora destrúyanlo!
¡Rómpanlo en mil pedazos! ¿¡No me están oyendo!? ¡Rómpanlo y láncenlo al fondo del mar que no quiero verlo! ¡No
quiero verlo! ¡No quiero!

La estupefacta Audiencia, que consideraba que la jornada no traería ya mayores sobresaltos, agradece la súbita presencia del chofer y de la dama de compañía de la señora Marquesa de Vivanco, quien histérica y desfallecida al mismo tiempo, se deja llevar en volandas por sus criados.

El Licenciado Rodríguez Sánchez, pasmado, se desabotona, no sólo el pantalón, sino también el cuello de la camisa y respira sofocado.

Se ordena al guardia que cierre las puertas de esta oficina, sin importar que no se haya cumplido con el horario establecido.

Se da un receso de una hora para tomar un refrigerio y se da una nueva cita para iniciar las deliberaciones del día, toda vez que se considera que las declaraciones y votos recabados hasta hoy son suficientes para iniciar las dichas deliberaciones.

Por otra parte, esta Audiencia cuestiona la pertinencia de continuar con tales sesiones y de ser así, en todo caso, si no deberían ser llamados otros miembros del cabildo para que cubran a los presentes auditores, ya agotados.

Los miembros designados de este H. Ayuntamiento firman de conformidad el acta presente.

SE LEVANTA LA SESIÓN.

Inician las deliberaciones
del H. Ayuntamiento

Los miembros designados de este H. Ayuntamiento son: Los señores Licenciados Antonio Rodríguez Sánchez y Melitón Padilla Tornel, de la primera mesa. Los señores Licenciados don Benito Góngora Malpica y don Matías Quiroz Reyes, de la segunda mesa. Los señores Licenciados Ignacio de María y Sepúlveda y Gerónimo Ortiz Vega de la tercera mesa. Siendo los escribanos, los señores bachilleres Lerdo, en la primera mesa, Torres, en la segunda y Estrada en la tercera.

Toma la palabra el señor Ortiz Vega quien sugiere que se contabilicen los votos tanto a favor como en contra antes de iniciar el curso de las deliberaciones, a lo que el señor Quiroz Reyes agrega que habrá de considerarse también que ha habido declarantes que han sufragado a favor de una causa y en contra de la segunda, como quien votara a favor de un funeral de Personaje Ilustre, pero en contra del nombramiento de Benemérita, si bien el dicho Quiroz Reyes encuentra este razonamiento un tanto confuso y hasta contradictorio. El señor Padilla Tornel abona el argumento al apuntar los casos que favorecen ambas propuestas, sin perder de vista que se han ofrecido dos opciones de enterramiento, con lo que alguno ha votado a favor del nombramiento de Benemérita y a favor del Funeral de Estado, pero otros a favor del nombramiento y a favor del Funeral Ilustre, por llamarlo así, sin olvidar tampoco que hay innúmeras misivas de carácter muy positivo para la difunta pero que no sancionan un voto en ningún sentido.

Los señores Auditores concuerdan en tomar las dichas cartas como fallos positivos a ambos casos. Sin embargo, el señor Padilla Tornel recuerda que la carta del Licenciado Juárez, siendo laudatoria en grado sumo, vota, de manera muy específica, por el Funeral Ilustre, por llamarlo de algún modo, aunque todos concuerdan en que, siendo éste un caso especial, no es de esperarse que el voto de algún Ministro de Estado, como el caso del señor Don Crispiniano del Castillo, por ejemplo, vaya en otro sentido que no sea a favor del nombramiento benemérito y a favor del Funeral de Estado.

Ante la posible falta de acuerdos, el siempre inteligente Licenciado Rodríguez Sánchez propone crear una Comisión de Escrutinio encargada de revisar las tales misivas, así como una Comisión de Legalidad encargada de dar veracidad a la Comisión de Escrutinio. Pero el señor Licenciado Ortiz Vega quien, cabe aclarar, desde hace unas horas le ha guardado varias a Rodríguez Sánchez, le increpa diciéndole: "¿Y todo ello para qué, señor Licenciado? ¿No le parece a usted un derroche de tiempo y recursos?". Rodríguez Sánchez, tal vez templado por la ya descarada desabotonadura del pantalón, agrega con serenidad lo siguiente: "No, no me lo parece, Licenciado Ortiz, toda vez que pudiera haber imparcialidad en los escrutadores". Pero por desgracia se vuelve a abotonar el pantalón, y tal vez haya una directa relación entre el martirio que sufre su abdomen con su carácter pues agrega entonces, en un tonillo más bien altanero: "Y explico mi punto, señor Licenciado, tomándome la libertad de usarlo a usted como ejemplo pues no podrá usted negar su muy marcado favoritismo hacia el General Canalizo o hacia don Lucas Alamán. ¿No defendió usted al señor Alamán de los muy justificados ataques de la señora Quintana?". Ortiz Vega se defiende diciendo que aquello lo hizo tan sólo por mantener el orden en la sala, además de que considera que nadie dudaría del sentido del voto del señor Alamán. El señor Padilla Tornel amaina los ánimos y le concede la razón a Ortiz Vega y señala que todos ellos, los señores Auditores, han alcanzado ya una madurez democrática tal que les permite contabilizar un voto a favor, inclusive si el tal voto va en contra de su muy personal sentir y razonar. Pero Ortiz Vega no deja pasar la oportunidad y lanza: "Porque votos en contra de la Vicario los ha habido, ¡y muchos! Que muy querida, muy querida no era la señora, ¿eh?". Miradas nerviosas se cruzan entre todos, mientras que Rodríguez Sánchez, siempre propositivo, argumenta: "Entonces, creemos una Comisión del Voto Interno, para que se nos permita, en tanto ciudadanos que también lo somos, dar a conocer nuestras con-

219

ciencias". Las voces se desatan en el sentido que cada ideología muy personal arrastra a los integrantes de esta Audiencia, aprobando los que se sienten liberales y los que se descubren como conservadores, argumentando que eso sería "llevar agua al molino propio". El señor Licenciado don Benito Góngora Malpica sentencia que "en la democracia se gana y se pierde y un voto puede hacer diferencia". Pero entonces, y haciendo el favor de seguir el consejo de este humilde escribano, el señor Padilla Tornel declara que no están aquí los señores Auditores para emitir voto alguno pues no es su función otra más que ser simples compiladores de testimonios, y que esta Audiencia no es una asamblea de debates, ni siquiera informativa, sino receptora: re-cep-to-ra (el énfasis es del escribano), y conmina a sus compañeros a que no saquen las cosas de proporción. Pero entonces Rodríguez Sánchez, quien se muestra cada vez más propenso al histrionismo, señala con voz temblorosa, dedo flamígero y lágrima furtiva que: "No darle su justa proporción y tamaño a la democracia es un gran error que se ha pagado con tiranía y con sangre". Y el histrionismo del Auditor tiene éxito pues aquellos que se han sumado a sus propuestas aplauden entusiasmados. Inclusive Quiroz Reyes, a quien se le han reconocido siempre sus dotes de orador, exclama con voz impostada y vibración febril: "¡Señores colegas, votemos nosotros también! ¡Que no se diga de nosotros ni de esta Audiencia que en esta hora suprema en la que convergen en una misma palestra la Historia y el Honor, hemos permanecido ausentes, de manera timorata y cobarde!".

Dado que el señor Ortiz Vega comienza a perder terreno, reta a sus colegas preguntando, sin previsión alguna, quién habrá de cuidarles a ellos mismos las manos a la hora de emitir los votos. La respuesta —cosa que a este escribano ya no sorprende—, viene de Rodríguez Sánchez quien ahora propone que se cree la Comisión del Voto Interno y que ésta sea vigilada por una Comisión de Claridad, que dependa a su vez de las Comisiones de Escrutinio y de Legalidad, mismas que deberán nombrar a sus respectivos presidentes, vocales y tesoreros. Pero Padilla Tornel arremete, tratando de imponer cordura, haciendo ver a los miembros de la Audiencia que de seis auditores y tres escribanos es imposible que salgan los propuestos presidentes, vocales y tesoreros. Y ya no se puede juzgar qué le molesta más a Rodríguez Sánchez: si los constantes obstáculos interpuestos a sus brillantes iniciativas, o la razón pura pues acusa a Padilla y a Ortiz Vega de ser unos "ignorantes en los asuntos republicanos" y todavía sentencia que tales señores "nada tendrían que estar haciendo aquí". Y entonces el señor Padilla Tornel, por lo general muy acomedido, pierde la calma e insulta a Rodríguez Sánchez llamándolo "gordo santannista de mierda" (sic).

A partir de este momento los escribanos ignoran lo que se debe hacer en un caso semejante, ya que durante las audiencias abiertas eran los mismos señores Licenciados —quienes ahora se insultan y se jalonean—, los encargados de imponer el orden. El señor escribano Torres apunta con inteligencia que esto es "un claro vacío de autoridad".

Mientras tanto, el señor escribano Estrada atiende a la puerta de esta sala, en la que se han escuchado a medias, dados los gritos de los señores auditores, algunos toquidos de bastón. El señor escribano Estrada regresa pálido y tembloroso al interior de la sala e intenta ser escuchado sin tener éxito, hasta que en una sorprendente muestra de autoridad, considerando su edad y su condición de bachiller, logra imponer el orden con un alarido, destemplado, eso sí, pero sonoro.

Los gritos cesan de manera repentina y todos miran al que consideran un impertinente quien anuncia que ha llegado un nuevo declarante.

Rodríguez Sánchez, sin soltar del pescuezo a Ortiz Vega, señala grosero: "¡Que se vaya al carajo! ¡La ciudadanía ha tomado ya su espacio! ¡Ahora es tiempo para el diálogo y los acuerdos!". Sin embargo el señor escribano Estrada, al borde del llanto, insiste.

Con muy malos modos, el Licenciado Rodríguez Sánchez suelta a Ortiz Vega, aparta de un empujón al escribano Estrada y se asoma al exterior.

De súbito, cierra la puerta, pierde el equilibrio y rebusca en sus bolsillos para sacar de ellos, tembloroso, un último azucarillo.

SE REANUDA LA SESIÓN EN HORARIO EXTRAORDINARIO.

HABLA EL EXCELENTÍSIMO SEÑOR PRESIDENTE GENERAL DON ANTONIO LÓPEZ DE SANTA ANNA, BENEMÉRITO DE LA PATRIA, HÉROE DE LA REPÚBLICA Y MÁRTIR DE LA LIBERTAD Y LA SOBERANÍA.

¿¡Se puede saber qué chingados están ustedes esperando para publicar el bando que les pedí!? ¿¡Y qué es esta verdulería con la que me encuentro!? ¿¡Quién responde por este escándalo!?

Los señores auditores se miran temerosos y el Licenciado Rodríguez Sánchez, con gran valor civil, da un paso al frente.

Excelentísimo señor Presidente, mi nombre es Antonio Rodríguez Sánchez, Licenciado Rodríguez Sánchez, para servir a Dios y a Su Excelencia, y puedo asegurar a usted, sin temor a ser refutado por mis colegas, que el único responsable de este feo asunto y quien debe dar cuentas por el escándalo que tanto ha molestado a su Excelencia Excelentísima, es el Licenciado Gerónimo Ortiz Vega.

Más que dar un paso al frente el Licenciado Ortiz Vega, sus colegas dan un paso hacia atrás, reconociendo la valentía de éste.

—Licenciado Gerónimo Ortiz Vega para servirle, señor Presidente.

—Explique usted el origen de tanto lío y dígame por qué carajos se han tardado tres días en hacer un nombramiento que yo pedí desde la noche del domingo.

—Tal y como recibimos las instrucciones, señor Presidente, esta Audiencia abrió sus puertas para que el público diera testimonio y voto a la solicitud hecha por Su Excelencia. No habríamos podido suponer jamás que tal circunstancia se convirtiese en un evento de esta magnitud. Pero puedo asegurarle, señor Presidente, que nuestras deliberaciones se encuentran muy adelantadas y estamos en vías de presentar un dictamen.

—¡Ustedes me presentan el dictamen al momento o disuelvo este Ayuntamiento, disuelvo al Congreso y en una de ésas me largo también a mi Hacienda de Manga de Clavo, que muy cansado estoy de tantos problemas y tantas sinrazones!

—Con todo respeto, señor Presidente, la democracia no sólo permite, sino que también exige el diálogo franco y…

—¡No me hable a mí de democracia que soy un enamorado de ella y su principal defensor! Pero deben entender ustedes que en momentos de discordia, eventos tan desafortunados como éste se convierten, por azares desconocidos, en grandes oportunidades que sólo la sagacidad del buen político puede entender. Vean ustedes, por ejemplo, la pertinencia que puede tener la muerte en estos casos. El pasado domingo veintiuno murió doña Leona, ¿no es verdad? Pues apenas el día anterior, el sábado veinte, murió doña María Josefa Sánchez. ¿Saben ustedes quién era esa señora? Era la señora viuda de O'Donojú. ¡La última Virreina de la Nueva España, nada menos! Y murió aquí, en la Ciudad de México, y según me dicen en la más absoluta de las pobrezas. Se me han acercado ya algunos suspirantes del pasado pidiéndome que participe yo en un cierto homenaje a la viuda de O'Donojú. ¡Tendría que ser yo un imbécil para traer, en estos días turbulentos, los fantasmas del pasado virreinal! Si murió la señora deseo que llegue a los cielos llena de bienaventuranzas, pero me importa un carajo si murió en la pobreza o en el anonimato y eso, sin olvidar que yo la traté muy de cerca cuando fui encargado de trasladarla a ella y al señor Virrey, naturalmente, a su llegada a México y de Veracruz a Córdoba, para la entrevista con Iturbide. Pues bien, señores, traer a la luz pública la muerte de la señora Sánchez sería una manera impertinente de dar empleo político a la muerte. En cambio, con la Vicario... No es lo mismo que fallezca la viuda del último Virrey a que fallezca la casera del Excelentísimo señor Presidente.

—¿La... la casera?

—Naturalmente. La señora Vicario, sin demeritar sus nobles acciones, por supuesto, fue mi casera en los tiempos gloriosos del derrocamiento del emperador Iturbide, al triunfo del Plan de Casamata. El gobierno de la República la había compensado con la casona, que hasta la fecha ocupa la familia, allá, frente a los Sepulcros de Santo Domingo. Pero una cosa es tener un techo y otra muy distinta tener patrimonio para sostenerlo en pie y aquella residencia resultaba no sólo grande, sino también muy cara de mantener para la familia Quintana Vicario. Y entonces me rentaron la primera planta, con lo que se puede decir que, aunado a todos sus extraordinarios talentos y valores, la señora Vicario tuvo el privilegio de que el Héroe de Casamata, es decir yo, fuese su inquilino. Doña Leona supervisaba celosa y puntualmente todos mis servicios.

—¿Quiere decir que la señora Vicario le lavaba a usted su ropa?

—¡No estoy dispuesto a admitir de ningún firmón, de ningún leguleyo de cuarta, una aseveración semejante, se lo advierto! Ella no lavaba mi ropa, pero sí supervisaba que tal cosa se hiciera. Y más allá de todas estas veleidades recordaré siempre a la señora Vicario como una buena anfitriona, que bien pronto podía tener listo un ágape extraordinario, compuesto por bocadillos yucatecos y frescas aguas de horchata o de tamarindo, para convidar a mis continuas visitas y a las muy diligentes embajadas que venían a saludarme. Y siendo su señor esposo el Ministro Quintana Roo, mi distinguido y caro amigo, aquella casa era un constante hervidero de grillos, de muy sabihondos intelectuales y toda una parafernalia de gentes que no tiene caso traer a cuento. Y si eso era hace veinte años, la constancia y la dedicación de doña Leona a su esposo y a quienes hemos defendido la República, no mermó jamás. La última vez que la saludé fue en la visita que le hizo, creo que en abril pasado, a mi señora esposa, la Excelentísima señora Presidenta.

—¿Señora Pre…?

—Sí, la señora Presidenta se encontraba enferma y la visita de doña Leona le resultó muy reconfortante, ¡como deseo que resulte también reconfortante para la sociedad entera este gran homenaje que se le debe rendir! Refrescar la memoria a los ciudadanos de los actos valientes y honrosos de nuestros héroes es algo siempre útil que propicia un mayor afecto a nuestra patria y, en consecuencia, una mejor y mayor conciencia civil. Será bueno desempolvar un poco al señor Morelos, al señor López Rayón y a la misma señora Vicario. Hay que sacudir un poco el *pantheon* de la Patria y darle lustre a nuestros bronces, que bastante opacos los veo en estos días porque, ya no hablemos del país ni de sus desgracias, ¡ni mucho menos hablemos de los tejanos, porque me hierve el buche! No hablemos de nuestro Estado empobrecido. ¡Hablemos tan sólo de nuestra ciudad que es un caos interminable! Ahí están aquellos enajenados que han sembrado el terror en las damas al incendiar sus vestidos con ácido sulfúrico. Ahí está la amenaza del cólera que vive latente en cada charco, en cada rincón maloliente y entre el fango y la inmundicia de nuestras calles aún no empedradas. Para no ir más lejos, en la pasada celebración de mi cumpleaños me fue ofrecida una función de ópera en aquel jacalón mal llamado "Teatro" de los Gallos. Entre la peste venida desde la acequia de aguas negras y la mierda que tapizaba la calle de la entrada, mi estancia en ese lugar fue insoportable. Y por cierto, ahora que menciono la mierda de caballo frente al teatro, no logro entender aún por qué se sienten tan orgullosos de ella los cómicos. Además de que sigo sin entender tampoco por qué la tal operita *El barbero de Sevilla*, siendo española se canta en italiano. Pero, en fin, que divago. El punto es que los ciudadanos necesitan fervientemente una distracción a tantas desgracias y apuros.

—¿Pan y circo, señor Presidente?

—¡¡Pan y su tiznada madre si no se sienta en este momento a redactar el bando que quiero publicado mañana a primera hora en los periódicos nacionales!!

La Audiencia no puede dejar de prestar atención a dos cuestiones, siendo la primera cómo se somete el antes muy alzado Licenciado Ortiz Vega y, la segunda, la extraña presunción del señor Presidente por recibir el tratamiento de "Alteza Serenísima".

—¡Así que ya lo saben! ¡Si no me han hecho Benemérita a la señora Vicario antes de una hora, los habré de considerar a todos ustedes como traidores a la patria y sabrán de la autoridad del señor Presidente! ¡Venga usted aquí, señor escribano! ¿Cuál es su nombre?

—Sebastián Lerdo de Tejada, señor.

—Bachiller, supongo. ¿Edad?

—Veinte años, señor Presidente.

—¿Cómo dijo que era su apellido?

—Lerdo.

—¡Pues no le haga honor al apellido y redacte usted mismo el bando!

—Con todo respeto, señor Presidente, y adelantándome a lo que yo, con mi corto juicio, consideré inaplazable, he redactado ya el bando correspondiente.

La Audiencia se sorprende ante la audacia del presuroso Lerdo. Sin embargo, el señor Presidente se muestra más que satisfecho.

—¡Felicidades, bachiller Lerdo! Saber adelantarse a los tiempos es la cualidad del buen político. Vislumbro para usted un gran futuro.

—Con todo respeto, señor Presidente, prefiero la vida académica.

—¿Me está diciendo que no le interesa la política?

—Con todo respeto, no, señor Presidente.

—¡Señor Licenciado Rodríguez Sánchez! Escriba lo dicho por el bachiller Lerdo, ¡y que lo firme!

Los miembros de esta Audiencia respiran aliviados ante las carcajadas del señor Presidente quien, sin despedirse, hace mutis.
El señor Licenciado Rodríguez Sánchez, sin ocultar una mirada reprobatoria, toma de manos del bachiller Lerdo el bando ya escrito, lo hace copiar y lo envía de inmediato a las imprentas de los distintos diarios que se publican en la ciudad.

Habiendo cumplido su objetivo en términos y formas, la presente Audiencia, en sesión extraordinaria, queda disuelta. Los señores Auditores se despiden entre sí e inclusive, en un acto de civilidad política y conminados por el respetable señor Góngora Malpica, los señores Licenciados Rodríguez Sánchez y Ortiz Vega rubrican sus afanes con un abrazo, recibiendo el aplauso de todos los presentes y el infaltable discurso del Licenciado Quiroz Reyes quien felicita al H. Cuerpo Auditor por su intachable desempeño en bien de la Democracia, la República y el bienestar de los mexicanos y propone que todos se dirijan, en ese preciso momento, a comer y a beber en algún fastuoso restaurante, que no es momento para andarse con pichicaterías y celebrar, como Dios manda, el final de sus labores.

Todos aprueban además, en armónico consenso, que la dicha celebración corra a cargo del erario público, que bien agradecida sabe ser la Patria cuando sus hijos sacrifican esfuerzos y talentos en su altar.

SE CLAUSURAN LAS SESIONES.

BANDO PUBLICADO POR EL H. AYUNTAMIENTO DE LA CIUDAD DE MÉXICO EL DÍA 25 DE AGOSTO DE 1842 E INSCRIPTO EN LA LÁPIDA DEL MONUMENTO MORTUORIO DE

DOÑA LEONA VICARIO,

DURANTE LOS FUNERALES DE ESTADO QUE SE REALIZARON EN SU HONOR Y QUE FUERON ENCABEZADOS POR EL EXCELENTÍSIMO PRESIDENTE DE LA REPÚBLICA,

GENERAL ANTONIO LÓPEZ DE SANTA ANNA,

JUNTO CON LOS MINISTROS, LOS MAGISTRADOS, DIPUTADOS, REPRESENTANTES EXTRANJEROS Y REPRESENTANTES DE LAS SOCIEDADES CIENTÍFICAS Y LITERARIAS.

A LA SEÑORA DOÑA LEONA VICARIO, DIGNÍSIMA CONSORTE DEL SEÑOR DON ANDRÉS QUINTANA ROO, INTEGÉRRIMO MAGISTRADO DEL SUPREMO TRIBUNAL DE JUSTICIA, MUY ESCLARECIDA, ASÍ POR SU ILUSTRE PROSAPIA, COMO POR SUS VIRTUDES PÚBLICAS Y DOMÉSTICAS. Y SU NOMBRE, AÚN GOZANDO DE LA VIDA, Y POR SUS DISTINGUIDOS SERVICIOS, SUPERIORES A SU SEXO, PRESTADOS A LA LIBERTAD Y BIENESTAR DE LA REPÚBLICA, HACE MUCHO TIEMPO QUE FUE CONSAGRADO POR LA INMORTALIDAD, EN LOS MAPAS DE LOS GEÓGRAFOS, EN LOS DECRETOS DE LOS LEGISLADORES Y, PRINCIPALMENTE, EN EL CATÁLOGO DE LAS HEROÍNAS MEXICANAS, LA CUAL FALLECIÓ EL 21 DE AGOSTO DE 1842. A ESTA
BENEMÉRITA Y DULCÍSIMA MADRE DE LA PATRIA,
LOS DESOLADOS Y AGRADECIDOS CIUDADANOS MEXICANOS LE ERIGIERON LLOROSOS ESTE MONUMENTO.

Apéndice

Notas al calce encontradas en distintas fechas, sobre las fojas
de declaraciones de la Audiencia abierta para las causas
de doña Leona Vicario

NOTAS REALIZADAS POR EL C. PRESIDENTE LICENCIADO
SEBASTIÁN LERDO DE TEJADA, TREINTA AÑOS DESPUÉS,
EN AGOSTO DE 1872.

Ha muerto el señor Presidente Juárez. Hace poco más de un mes. Y la organización de sus funerales ha resultado ser una empresa titánica que exigió del gobierno que quedara a mi cargo una labor sin precedentes. Y por eso me he puesto a revisar estos libros de testimonios que se formaron, hace treinta años, a la muerte de la señora Leona Vicario. Tal vez el haber fungido yo como un simple escribano en aquellas largas y abigarradas jornadas fue lo que me hizo pensar, toda vez que el nombramiento de Benemérito y Héroe de la Patria para don Benito Juárez no tenía el menor viso de necesidad de ser discutido, amén de que los Congresos de las hermanas Repúblicas Dominicana y Colombiana le nombrasen ya, nada menos que Benemérito de las Américas, propuse al

Ayuntamiento de la ciudad capital que, lejos de propiciar testimonios, declaraciones y tumultos sin fin, se colocaran tan sólo algunos libros en los que los ciudadanos pudieran externar su dolor y su pesar. Pero cuál habrá sido nuestra sorpresa al descubrir, una vez retirados los dichos libros del Ayuntamiento, que además de las esperadas palabras de desaliento ante la muerte del Señor Juárez, habríamos de encontrarnos también muy feos epítetos con que algunos ciudadanos han pretendido insultar a don Benito.

Me espanta el saber a nuestra sociedad dividida, como si viviésemos aún en tiempos coloniales, entre blancos y mestizos, mestizos e indios e inclusive, "ciudadanos" y "pueblo" pues todos aquellos hombres letrados y educados consideran que la ciudadanía tiene que ver con el color de la piel y la preparación, mientras que "pueblo", un mero eufemismo para llamar a la chusma o al peladaje, es el nombre ideal para significar con él a todos aquellos de piel morena o de raza india. Me abstengo aquí, por respeto al señor Juárez, de repetir los insultos que lo han baldonado en los ya dichos libros, tan sólo por ser sus orígenes los de un indio zapoteca. Pensaba yo, de manera ingenua, que la sociedad mexicana era ya y finalmente una sola, un solo músculo que se movía en la misma dirección: el bienestar de México. Pero no es así. Y precisamente, por encontrarme con tan vergonzosos juicios a la figura del señor Juárez, he decidido hurgar, no sólo en mi memoria, sino en los mismos archivos oficiales para buscar los ya mencionados documentos relativos a la muerte de la señora Vicario. He leído de nueva cuenta las atroces y las groseras palabras lanzadas por algunos ciudadanos, todos ellos, por cierto, ya muertos. Todos, menos el mismísimo don Antonio López de Santa Anna, quien ahora vive perdido en alguna isla caribeña, la Dominicana o Nassau, según me han dicho, apartado del mundo, no sólo por la vejez y la ceguera, sino también por la indiferencia de los mexicanos. Los mismos mexicanos que se han dado tiempo para llegarse al Ayuntamiento y escribir palabras insultantes al señor Juárez y que no saben ya, algunos quizá por ser demasiado jóvenes, quién es y cuánto daño le hizo a esta patria el General Santa Anna. He releído los testimonios de aquellos viejos agoreros que no vislumbraban nada bueno en el futuro patrio. Testimonios de todos aquellos Fernández de San Salvador, Bustamantes, Alamanes y gente muy variopinta que externaba sus dudas y sus temores acerca, ni más ni menos, que de la supervivencia de nuestro país como nación. No debo decir lo equivocados que estaban. El camino no ha sido fácil, naturalmente. Se quejaban los pesimistas de los muchos golpes de Estado, asesinatos, guerras, invasiones y mandatos presidenciales, tanto interinos como constitucionales, tanto espurios como legales, y pregonaban todos ellos el fin de la historia mexicana. Pero apuntaría yo que, en aquel lejano 1842, nuestra tierra estaría cumpliendo apenas veintiún años de ser independiente. Y ahora, otros treinta años después, en 1872, ya es medio siglo el que nos separa de aquellos años turbulentos. Y aún así, debo declarar que México es una nación todavía joven y como joven que es, puede ser incauta y falta de criterio. ¿Qué ha ocurrido en nuestra patria en los últimos treinta años? Ha habido guerras, sí, y hemos sido invadidos por los Estados Unidos y por la artera Francia que, coludida con Inglaterra y España, buscaba cobrar, de manera abusiva, los pagos adeudados y comprometidos por nuestros respectivos gobiernos. Durante estos treinta años pasó, por unas cuatro o cinco veces más, el

General Santa Anna por la Presidencia de la República. Hemos padecido también golpes de Estado y nuevas revoluciones, como la de Ayutla, que nos han redituado, por usar tan sólo una palabra, una docena de presidencias, al menos. Los Estados Unidos se internaron en nuestro territorio y llegaron a combatir en el mismísimo Castillo de Chapultepec y por unos días, vivimos la vergüenza y el oprobio de ver ondear en el asta de nuestro Palacio Nacional la odiada bandera de las barras y las estrellas. Y si en aquellos primeros años de Independencia México se convirtió en un Imperio bajo el cetro baladí de Agustín I, todavía no hace ni diez años que los sueños imperialistas y de realeza de muchos mexicanos se vieron cristalizados en la presencia inexplicable, absurda y ridícula de aquel príncipe austríaco que, de buenas a primeras, se sintió mexicano y Emperador de sus "compatriotas", aunque la primera vez que escuchara el nombre de México preguntara: "¿Qué es eso?", y hubo que mostrarle en un mapa la ubicación del lugar de sus "compatriotas". Perdimos Tejas, es cierto, y la Mesilla también, pero recuperamos Chiapas y la península de Yucatán. Aunque valiente regreso tuvimos con este territorio. No bien había retornado al seno mexicano cuando estallaron en aquellas tierras las que ahora conocemos como Guerras de Castas, meras revanchas de los indios mayas quienes se cobraban con sangre de blancos siglos de explotación y de injusticias. Y a esa guerra interna habrían de sumarse la Guerra de Reforma y el gobierno itinerante del señor Juárez quien, rodeado de sus más cercanos colaboradores emulaba, sin quererlo, al General Morelos y a los valientes diputados del Congreso del Anáhuac, judíos errantes por el territorio de la República de las esperanzas y de los sueños de libertad. Y la Historia, que no es más que una noria, se repite, y así como los tiranos llegan a viejos y mueren pacíficamente en sus camas, los antiguos héroes lo hacen de manera oprobiosa, fusilados, como don Melchor Ocampo, o envenenados, como don Nicolás Bravo. La Historia, en su constante devenir, pareciera que a México le muestra sólo dos rostros: el rostro liberal y el rostro conservador que hacen, cuando están en el poder, hechos históricos de sus propias traiciones y vergüenzas; y de los actos valientes y progresistas de los otros, hechos vergonzantes y dignos del olvido.

Yo mismo me he enemistado con el Licenciado Juárez y he combatido, en la arena política, con él. Siendo su Ministro de Relaciones Exteriores presenté mi candidatura presidencial, convirtiéndome así en su oponente, al igual que el General Porfirio Díaz. Pero cuando el señor Juárez fue reelecto, yendo en contra de los intereses de la misma República, yo no me levanté en armas ni manché de sangre mis manos. Me decidí por la lucha y por la oposición frontal e institucional desde mi nueva posición como Presidente de la Suprema Corte de Justicia, pues así entiendo el debate público y político. Y así lo entienden ahora todos los mexicanos. Y por ello, revisando estos viejos legajos, miro al futuro con optimismo y lo espero con alegría. Considérese también el ejemplo del señor General don Porfirio Díaz, héroe de la patria, defensor de la República en Puebla, leal servidor y sí, también leal oponente al Presidente Juárez, quien ahora se ha retirado a la paz y a la tranquilidad de la vida privada. ¡Líbreme el cielo de caer yo mismo en tentaciones reeleccionistas! Me he encontrado, y me mueve a conmovedora gracia, la ingenua promesa que le hice en su momento al General Santa Anna, hace treinta años, de no inmiscuirme en la política. He roto esa promesa, es cierto, pero lo hice por seguir el camino de la construcción de nuestra República. Apunto aquí, en estos mismos libros de declaraciones, con mi puño y letra, la fiel promesa de no caer jamás en la seducción veleidosa de buscar mi reelección. La República Mexicana puede respirar tranquila. La paz, el orden y el progreso es el único horizonte que yo vislumbro. Que Dios guíe a nuestro México. Yo, el Presidente interino, Sebastián Lerdo de Tejada. 24 de agosto de 1872.

SEGUNDAS NOTAS AL CALCE, ANÓNIMAS, ENCONTRADAS EN ESTE ARCHIVO. *ca.* 1876.

¡Lerdo, falaz y fementido! ¡Tan sólo cuatro años te bastaron para romper tu promesa aquí escrita y buscar tu reelección, despertando al dragón mixteco que se nos viene encima! ¡Vergüenza sobre tu memoria!

ÚLTIMAS NOTAS AL CALCE, ESCRITAS EN 1900, POR EL SEÑOR REGIDOR DEL AYUNTAMIENTO CAPITALINO, DON PEDRO ORDÓÑEZ.

Hoy, día 28 de Mayo del año 1900, atendiendo a mi humilde propuesta, han sido trasladados los restos de don Andrés Quintana Roo y de doña Leona Vicario a la Rotonda de los Hombres Ilustres del Panteón de Dolores. En ella habrán de reposar hasta que sea concluido el Monumento a la Independencia, morada final de todos nuestros preclaros héroes, que habrá de inaugurarse en conjunción con el Centenario de aquella gesta gloriosa.

El acto cívico llevado a cabo este mediodía fue encabezado por el C. Presidente de la República General don Porfirio
Díaz quien, debo anotar, se mostraba, al igual que la concurrencia toda, ausente y meditabundo.

Aún se desconocen los efectos que tienen los fenómenos
cósmicos sobre las personas.

Hoy, durante el nuevo enterramiento, hubo un eclipse
solar.

Habeas Corpus

Por qué escribí una novela sobre Leona Vicario, me han preguntado los amigos. Me dicen que la Vicario es más bien una figura nebulosa y medio perdida en nuestra imaginería popular. Por eso mismo, debo responder. Porque soy curioso. Y porque la curiosidad nos lleva a la sorpresa, a la admiración e inclusive, a la indignación. Porque la curiosidad me llevó a preguntarme un día quién era la Madre de la Patria, porque ahí está, omnipresente, don Miguel Hidalgo, quien haciéndose de la vista gorda, además de sus cinco hijos naturales, también es Padre de la Patria. Pero, ¿y la Madre?

Pues en tales cavilaciones me ocupaba, cuando me encontré con que, a su muerte, doña Leona Vicario fue nombrada, nada menos, que la Dulcísima Madre de la Patria. Respiré aliviado, naturalmente, al ver así atendido mi sentimiento de orfandad.

Y a la curiosidad por saber de mi Madre Nacional, siguió la sorpresa al comprobar que, en efecto, la tenemos un poco olvidada. Algo raro nos pasa a los mexicanos con nuestras madres. A la Malinche, nuestra madre primigenia, la odiamos o, por lo menos, nos avergonzamos de ella. Y a la Madre de la Patria, Leona Vicario, la olvidamos. Mucho podría escribir Freud a este respecto.

Pero también me llegó la indignación. ¡Tanto que han hecho las mujeres por esta patria y tan poco reconocimiento que se les ha dado! Dicen que la Historia la escriben los vencedores. Es cierto. Pero habría que agregar que también la escriben los hombres, porque si no de qué otra manera nos explicamos tanta negligencia. Y voy un poco más allá, siempre respondiendo a los amigos acerca del por qué de esta novela: ¿Cómo es posible que tengamos más claras las figuras del Pípila o del Niño Artillero que la de Leona Vicario? Y tal vez mi respuesta sea pueril, pero pueril es la manera en que nos enseñan la Historia cuando somos niños y cuando se ocupa de uno, precisamente, la puericultura.

Nuestra historia patria es anecdótica, no ideológica. Lo anecdótico es fácil de recordar. Lo ideológico no sólo es más complicado sino que puede resultar, también, incómodo, según innúmeras circunstancias. Es mucho más fácil recordar a un señor que, según cuentan, se echó a espaldas una losa de mármol de cien kilos y quemó con una antorchita una gruesa puerta de roble, que recordar a alguien que escribe sus ideas; no sus victorias ni sus aventuras, no: sus ideas. Y que nos confrontan, además. Mejor recordar al muchachito aquel, al Niño Artillero —nadie sabe que se llamaba Narciso Rodríguez—, que logró disparar un cañón en el Sitio de Cuautla, de pura chiripa, como decimos, que leer y entender un largo documento en el que se escribe, por ejemplo, que en México "la religión católica sea la única, sin tolerancia de otras...". Morelos lo escribió, que conste. ¿¡Y cómo vamos a echarle en cara a Morelos la fastidiada que nos puso si es el Siervo de la Nación, nada menos!? ¡Pero si de la misma Corregidora, otra tan ilustre como Leona, lo más que sabemos es que su marido la encerró por liosa y ella, para ser escuchada, se puso a dar de taconazos en el piso! ¿Y quién se ocupa de que doña Josefa pertenecía a una logia masónica? ¿Quién habla de las conjuras que organizaba, incansable y comprometida, ya no con Miguel Hidalgo para derrocar al virrey, sino años después, para derrocar al emperador Agustín I a cuya esposa, por cierto, mandó mucho a paseo cuando ésta la invitó a ser su Dama de Compañía? Nadie. Nos quedamos con el zapatito y los taconazos. Y nos quedamos con el que tañó la campana y con el que, en Chapultepec, se tiró envuelto en la bandera y fue a caer como dos kilómetros más allá...

Por ello he puesto en boca de uno de mis personajes estas palabras que definen a Leona Vicario y a su marido, Andrés Quintana Roo:

No eran militares, no ostentaban grados del ejército y dudo que cualquiera de los dos haya empuñado jamás una pistola. Pero es que sus armas eran mucho más peligrosas. Sus armas eran las palabras; sus pensamientos, sus bayonetas; y sus preclaros razonamientos eran esgrimidos con la misma maestría con la que un espadachín maneja el florete. Las ideas surgen y crecen en el mundo de lo intangible y en ese mundo van tomando forma, capturando conciencias, generando acciones hasta que restallan, hasta que revientan con la fuerza de mil cañones, con el poder de cientos de barriles de pólvora, socavando toda resistencia y toda prevención. Y por eso eran tan peligrosos, porque no tenían otras armas más que las de la inteligencia. Tan sólo empuñaron la palabra y por eso había que callarlos, que borrarlos del mapa.

Por todo lo anterior me senté a escribir *La insurgenta*, así con *a*, porque Leona fue una mujer compleja, como todas ellas lo son. Porque no me extraña que haya vivido perseguida pues aún ahora se antoja seguirle los pasos. Porque nació como hija de la Ilustración y murió como símbolo del Romanticismo. Porque es la primera mujer periodista de México, la primera que habló ante el Congreso Nacional y porque creo que es la única mujer mexicana —a menos de que algún avezado historiador me corrija— a quien se le han ofrecido funerales de Estado.

Porque al perseguir, una vez más, a Leona Vicario somos persecutores de una idea. Y si noto en mis amigos algún gesto de desconcierto ante estas palabras, los tranquilizo y les pido que no se aflijan, que no se aflijan porque Leona Vicario también fue a dar a la Inquisición; les digo que es la que se escapó de la cárcel disfrazada de negra y la que parió a su primera hija en una cueva. Y como esto sí se los enseñaron en la primaria sonríen convencidos: "¡Ah! ¡Ésta es la que tuvo a su hija en la cueva, claro! Oye, pues qué bueno que escribiste de ella".

CARLOS PASCUAL

242

Cronología

1787. Nace Andrés Quintana Roo en Mérida, Yucatán.

1789. Nace el 10 de abril, en la Ciudad de México, María de la Soledad Camila Vicario de San Salvador, en el seno de una familia criolla acomodada. George Washington asume la presidencia en Estados Unidos. En París, el pueblo enardecido asalta La Bastilla.

1794. Nace Antonio López de Santa Anna.

1797. Se anexan a México las provincias de Guatemala, Honduras y Nicaragua.

1800. Madame de Stäel publica: *De la literatura.*

1802. Se forma en Yucatán el grupo antiesclavista denominado *Sanjuanistas*, al que se integra Matías Quintana, padre de Andrés Quintana Roo.

1805. Primer periódico diario de la Nueva España: el *Diario de México.*

1806. Nace Benito Juárez.

1807. Mueren los padres de Leona Vicario. Ella queda bajo la tutela de Agustín Pomposo Fernández de San Salvador, su tío materno y rector de la Real y Pontificia Universidad. Fulton crea el sistema de navegación a vapor.

1808. Quintana Roo llega a la Ciudad de México para continuar sus estudios de abogacía en la Universidad y se hospeda, como ayudante, en casa de Agustín Pomposo. Los jóvenes Andrés y Leona inician de inmediato su romance. Las tropas napoleónicas invaden España. Carlos IV abdica a favor de su hijo, Fernando VII. José Bonaparte, Rey de España. Intento independentista en México encabezado por el Licenciado Francisco Primo de Verdad, Fray Melchor de Talamantes y el Virrey Iturrigaray. Verdad y Talamantes mueren asesinados en prisión, mientras que Iturrigaray es preso y deportado a España. Goethe publica *Fausto*.

1810. Inician las guerras de Independencia en México, Venezuela y Argentina. Francisco de Goya: *Los desastres de la guerra*.

1811. Fusilamiento de Hidalgo y Allende. Morelos retoma la lucha. Independencia de Paraguay. Primer Congreso Nacional de Chile.

1812. Se promulga la Constitución de Cádiz que da voto a los naturales de América y acepta diputados americanos. Por la Nueva España acuden, entre otros, Fray

Servando Teresa de Mier y Octaviano Obregón, todavía prometido de Leona Vicario. Mientras tanto, Leona forma parte activa de la orden secreta de los Guadalupes y paga, con el dinero de su herencia, a unos armeros vizcaínos para que fabriquen fusiles y cañones para el ejército de Morelos. Quintana Roo pide su mano, pero don Agustín Pomposo lo rechaza y lo corre de su casa.

1813. Leona Vicario es apresada el 13 de enero al descubrirse su participación en las conjuras independentistas. Es recluida en el Colegio de Belén y sometida a juicio por sedición a cargo del inquisidor Monte Agudo. Leona resiste los interrogatorios y no delata a ninguno de sus compañeros. Poco tiempo después es rescatada por soldados insurgentes y conducida a Tlalpujahua, Michoacán, en donde pudo haber contraído matrimonio con Andrés Quintana Roo. En noviembre, el Congreso de Chilpancingo declara la independencia de la "América Septentrional". Morelos redacta los *Sentimientos de la Nación* y ofrece a Leona la protección del "águila mexicana". Las fuerzas realistas, al mando de Agustín de Iturbide, combaten y derrotan a Ramón López Rayón en Puente de Salvatierra, batalla en la que muere Manuel Fernández de San Salvador, primo hermano de Leona. Las tropas francesas capitulan en Pamplona y se retiran de España. Jane Austen publica *Orgullo y prejuicio*.

1814. Constitución de Apatzingán. Leona Vicario funge como escribana y contadora del Congreso de Chilpancingo.

Escribe sus primeros artículos para los periódicos insurgentes. Fernando VII reasume el trono español y suspende las Cortes de Cádiz.

1815. Iturbide derrota a Morelos y el 22 de diciembre, en Ecatepec, éste muere fusilado. Comienza la diáspora del Congreso de Chilpancingo e Ignacio López Rayón toma el mando de la Revolución. Leona y Andrés vivirán a salto de mata, escondidos en la sierra durante dos años.

1816. Mary Shelley publica *Frankenstein*.

1817. El 3 de enero, en alguna cueva perdida de Michoacán, nace Genoveva, la primogénita de Leona Vicario y Quintana Roo.

1818. Es encontrado el escondite de los Quintana Vicario. Andrés logra el indulto del Rey y es desterrado, junto con su familia, a España, aunque, por falta de fondos se les asigna la ciudad de Toluca como su destierro final. Nace Karl Marx en Alemania.

1820. La revolución liberal en España alienta a los novohispanos a seguir buscando la "autonomía del virreinato".

1821. Nace María Dolores, la segunda hija de Leona. Iturbide y Guerrero, aliados en el Plan de Iguala declaran el 24 de febrero la Independencia de México. En agosto, se firman los Tratados de Córdoba con Juan de O'Donojú, último Virrey de España, siendo éste invitado a la Regencia. Tabasco se adhiere a México. Yucatán se independiza pero en noviembre regresa al territorio mexicano. Independencia de Perú y Panamá. Se establece la República de la Gran Colombia. James Monroe, Presidente de Estados Unidos. Muere Napoleón Bonaparte.

1822. Iturbide se convierte en el Emperador Agustín I. Quintana Roo se integra a su gabinete, pero ante los constantes desacuerdos con las políticas imperiales es desterrado una vez más, junto con su familia, a Toluca.

1823. Santa Anna, defendiendo el Plan de Casa Mata, y aliado ya de Guadalupe Victoria, logra que Iturbide abdique al trono. Leona Vicario se convierte en la primera mujer mexicana en tomar la palabra desde el estrado del Soberano Congreso Constituyente. Recibe, en especie, compensaciones económicas por parte de la República: una hacienda abandonada y una vieja casona en la actual Plaza de Santo Domingo. Santa Anna renta la planta baja de la casa, con lo que ésta se convierte en el punto obligado de reunión de todas las corrientes políticas y filosóficas de la época.

1824. Iturbide, sin el permiso del gobierno, regresa a México y es fusilado en Tamaulipas.

1827. El Congreso de Coahuila cambia el nombre a la villa de Saltillo por el de *Leona Vicario*. En el Estado de México le embargan a Leona unas ovejas y ella reclama airadamente al gobernador Canalizo. Al no obtener respuesta, se da por "robada".

1830. Sube al poder Anastasio Bustamante y con él, el bando conservador. Bustamante declara enemigo del gobierno a Quintana Roo, en ese entonces diputado por Yucatán, y lo persigue. Ante la andanada de ataques conservadores, Yucatán amenaza con separarse de la República. Leona Vicario financia el periódico *El Federalista* que se convierte en una poderosa voz opositora al gobierno. Delacroix pinta *La Libertad guiando al pueblo*.

1831. Asesinato de Vicente Guerrero. Las relaciones de los Quintana Vicario con el gobierno se crispan más que nunca. Acusaciones públicas entre Leona Vicario y Lucas Alamán, a la sazón Ministro de Relaciones Exteriores. Ante el acoso sufrido por Quintana Roo, Leona se dirige a Palacio Nacional para hablar con Bustamante y decirle "algunas frescas". Escándalo mediático en la prensa nacional. El comandante Cordallos, del gobierno de Bustamante, señala que a los periodistas habría que contestarles "con palos".

1833. A la caída de Bustamante, y tomando de nuevo el poder Santa Anna, se crean y ponen en práctica las llamadas Primeras Leyes de Reforma en México, bajo la supervisión del Vicepresidente Valentín Gómez Farías, el Doctor José María Luis Mora y Andrés Quintana Roo, Secretario de Justicia. Distanciado de Santa Anna, Quintana Roo presenta su renuncia, pero ésta no es aceptada y se mantendrá como Ministro de la Suprema

Corte de Justicia hasta su muerte. Gómez Farías encarcela, en la ciudad de México, a Stephen Austin, despertando la ira de los texanos. Leona Vicario continúa con su labor en los periódicos liberales, y hasta su muerte sostiene el asilo de "pobres y ancianos" del padre Sartorio. Telégrafo de Gauss y Faraday.

1836. El joven Guillermo Prieto funda la Academia de Letrán e invita a Quintana Roo, su "maestro", a ser presidente de la misma. Independencia de Texas.

1838. Durante la Guerra de los Pasteles, Leona Vicario ofrece su hacienda y todos sus bienes a las fuerzas de la República, de camino a Veracruz. Los *24 Preludios* de Chopin. Máquina fotográfica de Daguerre.

1841. Siendo Anastasio Bustamante Presidente por tercera ocasión, Manuel Crescencio Rejón y Andrés Quintana Roo, entre otros líderes, asaltan a cañonazos el Palacio Nacional. Bustamante resiste, aunque finalmente abandona el cargo. A un nuevo retorno de Santa Anna, Quintana Roo es enviado a negociar con la recién creada República del Yucatán la reintegración de la península a México. El negociador consigue su objetivo pero es traicionado por el mismo Santa Anna y los texanos, aliados separatistas de los yucatecos, secuestran a Quintana Roo y lo mantienen cautivo algunas semanas, aunque es liberado poco tiempo después. Muere don Matías Quintana.

1842. En enero muere don Agustín Pomposo Fernández de San Salvador. El 21 de agosto muere Leona Vicario en la Ciudad de México. Se le ofrece un Funeral de Estado y se le nombra Benemérita y Dulcísima Madre de la Patria. Estreno de *Nabucco* de Verdi.

1851. Muere Andrés Quintana Roo. La escritora Harriet Beecher-Stowe publica *La cabaña del tío Tom*.

Agradecimientos

Realicé este trabajo en tiempos difíciles, una buena oportunidad para confirmar el cariño de los que son míos.

Por tanto, agradezco a mis padres y a mis hermanos a quienes, por más que le hago, no se les acaba nunca el amor que me tienen.

A Pilar Boliver, la Leona de mi vida.

A Sandra Edgar, mi leona semiótica.

A Blanca Loaria y Elfye Bautista, cachorras que rugirán.

A doña María Ortiz, siempre lo he dicho, mi ángel guardián.

Y a Dalia Rodríguez, quien me regaló horas interminables de trabajo y compañía y me allegó libros, artículos y cientos de datos sobre Leona Vicario.

Dalia Rodríguez Sánchez, de manera firme, pero autoritaria, me obligó a terminar el trabajo en tiempo y forma. Sin ella, este libro no existiría.

Declaro esto en mi descargo y para que en su conciencia quede.

Bibliohemerografía

Alvarado, María de Lourdes, *La educación "superior" femenina en el México del siglo XIX,* UNAM – Plaza y Valdés, Colección Historia de la Educación, México, 2004.

Arenas, Gamaliel, *María Leona Vicario,* de "Los Héroes de la Independencia", varios autores, Oficina tipográfica del gobierno, México, 1909.

Bustamante, Carlos María de, *Cuadro histórico de la Revolución Mexicana,* t. I, II y III, Ediciones de la Comisión Nacional para la Celebración del Sesquincentenario de la Proclamación de la Independencia Nacional y del Cincuentenario de la Revolución Mexicana, México, 1961.

Castelán Rueda, Roberto, *La fuerza de la palabra impresa. Carlos María de Bustamante y el discurso de la modernidad,* Fondo de Cultura Económica – Universidad de Guadalajara, México, 1997.

Covarrubias Chacón, Ricardo, *Mujeres de México,* Gobierno del Estado de Nuevo León, 1981.

Departamento de Estudios Hispánicos y Latinoamericanos de la Universidad de Nottingham y Departamento de

Español y Portugués de la Universidad de Manchester, *Gendering Latin American Independence: Women's Political Culture and the Textual Construction of Gender 1790-1850*, patrocinado por Arts and Humanities Research Board, 2001-2006, www.genderlatam.org.uk

Echánove Trujillo, C. A., *Leona Vicario: la mujer fuerte de la Independencia*, núm. 21, colección Vidas Mexicanas, Ediciones Xóchitl, México, 1945.

Galeana, Patricia, "Lecciones de las mujeres del México del siglo XIX y asignaturas pendientes", en *Mujeres, Derechos y Sociedad*, año 3, núm. 5, enero de 2007.

Galí Boadella, Montserrat, *Historias del bello sexo. La introducción del Romanticismo en México*, Universidad Nacional Autónoma de México, Instituto de Investigaciones Estéticas, México, 2002.

García, Genaro, *Documentos históricos mexicanos*, t. V, Biblioteca de Obras Fundamentales de la Independencia y la Revolución, Instituto Nacional de Estudios Históricos de la Revolución Mexicana, México, 1985.

——————————, *Leona Vicario: heroína insurgente*, Gobierno del Estado de México, edición facsimilar de la de 1910 editada por el Museo Nacional de Arqueología, Historia y Etnología, serie *Chimalpahin*, colección de divulgación histórica, México, 1980.

Guedea, Virginia. *En busca de un gobierno alterno: los Guadalupes de México*. Instituto de Investigaciones Históricas, UNAM, Serie Historia Novohispana núm. 46, México, 1992.

—————————— (selección e introducción), *Prontuario de los insurgentes*, Instituto de Investigaciones Dr. José María

Luis Mora – Cuadro de Estudios sobre la Universidad UNAM, México, 1995.

Guedea, Virginia (selección e introducción). *Textos insurgentes (1808-1821)*, Coordinación de Humanidades, UNAM, Biblioteca del Estudiante Universitario, núm. 126, México, 1998.

Payno, Manuel, "El héroe del sur", en *Episodios de la Guerra de Independencia*", varios autores, Secretaría de Educación Pública, Biblioteca Enciclopédica Popular, núm. 73, México, 1945.

Prieto, Guillermo, *Memorias de mis tiempos*, en Obras completas, t. I, Conaculta, México, 2005.

———————, *Romances históricos*, en Obras completas, t. XVI, Conaculta, México, 1995.

Riva Palacio, Vicente, *et al., México a través de los siglos*, t. III y IV, 10ª ed., Cumbre, México, 1978.

Rubio Siliceo, Luis, *Mujeres célebres en la independencia de México*, Talleres Gráficos de la Nación, México, 1929.

Vicario, Leona, "Carta a don Lucas Alamán", diario *El Federalista*, México, 2 de abril de 1831.

La insurgenta
de Carlos Pascual
se terminó de imprimir en **Mayo** 2010 en
Drokerz Impresiones de México S.A. de C.V.
Venado N° 104, Col. Los Olivos
C.P. 13210, México, D. F.